아마두
쿰바의
옛이야기

아마두 쿰바의 옛이야기

초판 1쇄 펴낸날 | 2021년 2월 28일

지은이 | 비라고 디오프
옮긴이 | 선영아 · 권소연 · 김혜정 · 문성호 · 이나비 · 장현경 · 최보윤
펴낸이 | 류수노
펴낸곳 | (사)한국방송통신대학교출판문화원
    03088 서울시 종로구 이화장길 54
    대표전화 1644-1232
    팩스 02-741-4570
    홈페이지 http://press.knou.ac.kr
    출판등록 1982년 6월 7일 제1-491호

출판위원장 | 이기재
편집 | 신경진
본문 디자인 | 티디디자인
표지 디자인 | 김민정

ISBN 978-89-20-03954-6 03890
값 18,000원

아마두
쿰바의
옛이야기

비라고 디오프 지음

선영아 · 권소연 · 김혜정 · 문성호
이나비 · 장현경 · 최보윤 옮김

지식의날개

일러두기

1. 이 책은 1973년 *Présence Africaine Editions*에서 펴낸 프랑스어판 *Les contes d'Amadou Koumba*를 원문으로 했다.
2. 저자의 주석은 ∗표시로 역자의 주석과 구분했다.
3. 고유 명사는 2017년 시행된 외래어 표기법을 따랐다.
4. 월로프어, 밤바라어, 아랍어는 원어민의 발음에 가깝게 표기했고, 대화문에 사용된 경우에만 원어를 병기했다.
5. 역사적 인물, 민족 이름, 한국어와 혼동되는 일부 단어가 처음 나올 때 원어를 병기했다.
6. 작가가 일부러 작중 인물의 이름에 프랑스어와 월로프어를 병기한 경우 월로프어를 볼드체로 표시했다. (예를 들면 왕 **부르**, 하이에나 **부키**)

사랑하는 두 딸 네누와 데데에게,
어머니 대지에 깊이 뿌리 내린 나무만이
잘 자랄 수 있다는 사실을 깨닫고 잊지 않기를 바라며

옮긴이
서문

　이 책은 세네갈의 작가이자 수의사, 외교관인 비라고 디오프의 『아마두 쿰바의 옛이야기_Les contes d'Amadou Koumba_』(1973)를 한국방송통신대학교대학원 아프리카·불어권 언어문화학과에서 번역한 것입니다. 아프리카에 대한 경제적 관심이 높아지고 전 세계가 21세기 문학의 새로운 출구인 아프리카 문학에 주목하는 이 시점에도, 우리에게 아프리카는 여전히 멀고도 낯선 대륙입니다. 이런 안타까운 현실 속에서 국내에 잘 알려지지 않은 아프리카 구전문학을 번역하겠다는 생각은 모험에 가까웠습니다. 두려움에도 불구하고 번역을 시작한 밑바탕에는, 한국어로 번역된 『아마두 쿰바의 옛이야기』가 서구적 시선으로 왜곡된 아프리카가 아니라 아프리카인이 아프리카의 방식으로 들려주는 아프리카를 우리에게 보여 줄 것이라는 믿음과, 서아프리카의 구전문학 특히 세네갈 월로프족의 고전을 여러 사람과 공유하고 싶은 욕심이 있었습니다.

예전 우리 할머니들이 전래동화를 들려주던 것처럼, 무(無)문자 사회로 알려진 사하라 남부 아프리카에서도 어둠이 찾아오면 이야기판이 벌어졌습니다. 그 중심에는 그리오Griot가 있었는데 책 속 화자인 아마두 쿰바가 바로 그리오입니다. 역사가이자 인류학자였던 아마두 함파테 바Amadou Hampâté Bâ가 '음유시인 그리오가 죽으면 도서관 하나가 사라진다'고 지적했듯이, 그리오는 아프리카 문학에서 중요한 역할을 담당하고 있습니다. 그러한 까닭에 부족의 역사와 전통을 기억하고 암송하는 일을 맡는 그리오를 '유산을 관리하는 사람'이라고도 부릅니다. 북소리에 맞춰 기쁨과 슬픔을 노래하는 우리의 판소리 명창처럼, 그리오도 호리병박으로 만든 전통 악기를 두드리는 소리에 맞춰 지혜의 이야기를 풀어 나갔습니다.

책을 읽다 보면 한편에는 우리에게 익숙한 '혹부리 영

감', '토끼의 재판'과 비슷한 소재의 이야기도 있고, 또 다른 한편에는 쉽게 볼 수 없는 문화권이라 공감하기 힘든 이야기도 있습니다. 이 가운데 후자에 속하는 것은 주로 이슬람에 정서의 탯줄을 댄 이야기들, 신붓값이나 할례와 같이 아프리카 전통에 뿌리를 둔 내용일 것입니다. 오늘날 우리의 시각에서 보자면 비판의 대상이 될 수도 있지만, 그렇다고 해서 우리의 잣대를 내세워 무작정 그들의 관습을 미개하다고 낙인찍는 일은 없었으면 합니다. 아프리카 구전문학은 오랜 세월 그들이 구축해 온 고유한 정체성과 세계관을 담은 문화적 곳간이고, 그런 점에서 이 책은 아프리카의 문화유산을 이해하기 위해서 꼭 읽어야 할 작품이라고 생각합니다. 그래서 비록 우리와 공명하기 힘든 부분이 있더라도, 여러분이 이 책을 즐겁게 읽고 아프리카와 이슬람 문화의 풍요로움을 엿볼 수 있다면 번역자로서는 더 바랄 것이 없겠습니다.

그리오인 아마두 쿰바에게 전해 들은 아프리카 구술 이야기를 프랑스어로 기록한 이 책은 이미 세계 여러 언어로 번역되어 세계 문학의 일부가 되었습니다. 조금 늦은 감이 있지만 이제 이 책의 한국어본이 출간되었습니다. 이 책이 아프리카 문화와 아프리카 정신의 내부로 들어가는 하나의 문이 되었으면 합니다.

옮긴이 일동

차례

1
들어가는 이야기

"바케[1], 자니?"

"네, 할머니!"

이렇게 대답하고 말았으니 할머니는 내가 안 자고 이야기를 듣고 있는 것을 아셨을 것이다. 눈을 꼭 감은 채 귀는 쫑긋 세우고서 정령과 긴 머리 도깨비 **쿠스**가 나오는 무서운 이야기를 두려움에 떨면서 듣거나, 깡충대는 교활한 토끼가 덤불숲과 마을, 심지어 왕의 처소까지 가서 짐승과 사람을 우롱한 끝없는 모험담을 같이 있던 어른들처럼 신이 나서 듣고 있는 것을 말이다.

할머니의 물음에도 내가 아무런 대답이 없거나 잠들지 않았다고 우기기 시작하면, 어머니는 "이제 바케를 재워야겠어요"라고 말씀하셨다. 그러면 할머니는 밤공

기로 차가워진 돗자리에서 나를 들어올려 재워 주셨고, 나는 잔뜩 졸린 목소리로 다음 날 저녁에 나머지 이야기를 들려주실 것을 약속받았다. 왜냐하면 검은 나라에서는 오직 검은 밤이 찾아와야만 이야기를 들려줄 수 있기 때문이다.

할머니가 돌아가신 후로도 주위에 계신 다른 할머니 할아버지 곁에서 자라면서 '나는 나무껍질을 우려낸 물과 뿌리를 달인 차를 마시고 바오바브나무를 기어올랐다.' 이런 경험으로 어린 시절을 가득 채우며 수많은 지혜의 말씀을 들었고 그중 일부는 잊지 않고 기억해 두었다.

나는 마지막 남은 광대 음반다캇의 춤을 보고 노래도 들었으며 도마뱀 가죽을 씌운 바가지[2]에 불과한 외줄 바이올린 리티를 말총 활로 울고 웃고 말하게 하는 리티캇의 연주도 들었다. 또 라반캇[3]이 단숨에 코란 전체를 낭송하는 위엄을 보이다가도 잠깐씩 쉬어 가려고 거룩한 말씀 사이에 풍자를 섞어 (못생긴 아가씨와 구두쇠 노파를 소동해 가며) 하는 이야기도 들었다.

먼 훗날 타향에서 태양이 시들시들한 흐린 날에 눈을 감고 있노라면 내 입술 사이로 '남자의 집'[4]에서 부르던 노래 카사크가 흘러나오곤 했다. 어머니, 특히 할머니께서 늘 들려주시던 이야기들, 이를테면 겁 많고 건방진 하이에나 **부키**가 당한 낭패, 고아 카리 가이가 겪은 불행, 맹랑한 아이 자부 은다우의 장난, 악랄한 삼바 세이타네의 승리와 독실한 아마리가 겪은 우여곡절이 귓가에 맴돌았다.

잠시나마 이렇게 오래지 않은 과거로 되돌아가면 가슴속의 향수를 달래며 타향살이의 고달픔을 잊었고, 멀리 떨어지고 나서야 소중함을 알게 된 화창하고 따뜻한 옛 시절이 생생히 그려졌다.

어릴 때 배운 것을 거의 잊지 않고 있던 나는 고향으로 돌아가는 긴 여정 중에 우리 가문의 그리오griot*인 아마두 쿰바 노인을 만나는 커다란 행운을 누렸다.

아마두 쿰바는 이따금 저녁이 되면 (고백하자면 때로는 낮에도) 내가 어린 시절 들었던 이야기와 똑같은 이야기를 들려주었고, 조상의 지혜가 담긴 격언과 경구를 군데군데 끼워 넣은 다른 이야기도 들려주었다.

마찬가지로 몇 가지 다른 점이 있기는 하지만 같은 이야기와 설화를 세네갈에서 멀리 떨어진 수단5의 평원과 니제르 강가를 도보로 여행하던 중에도 들었다.

어릴 적 나와 내 손윗사람들이 그러했듯 우리와 닮은 아이들과 어른들이 똑같은 이야기를 들었고, 높이 타오르는 장작불은 이야기를 듣는 그들의 얼굴 위로 우리가 품었던 똑같은 갈망을 아로새겼다. 또 다른 할머니들과 그리오들이 이야기를 들려주면, 노래는 탐탐6이나 엎어 놓은 바가지를 두드리는 소리에 맞추어 중간중간 끊겼다가 다시 일제히 시작되곤 했다. 내가 어릴 때 느꼈던

---

* 이야기꾼, 가수, 계보학자, 구전으로만 전통을 알고 있는 자를 가리키는 말로 아프리카의 프랑스령 식민지에서 사용하던 용어다. 수단(지금의 말리)에서는 디알리Diali, 세네갈에서는 게웰Guewel(아랍어, '수피'파의 서창자, 카왈Qawwal에서 옴)이라고 부른다.

것과 똑같은 공포가 아프리카 덤불숲에 깃든 혼령들과 함께 청중 속으로 파고들었고, 똑같은 즐거움이 그들의 웃음을 자아냈다. 광활한 밤으로 감싸인 아프리카의 모든 마을에서 두려움과 즐거움이 똑같은 순간에 모두의 가슴을 뛰게 하는 것이었다.

당시 주위 사람들과 함께 이야기에 흠뻑 빠진 채 끓어오른 감정과 생각에 깊이 잠기던 분위기를 내가 책 속에 제대로 담아내지 못했다면, 그것은 내가 어른이 되어 버려서, 그러니까 완벽히 어린아이로 돌아가지 못해서 경이로움을 생생히 재현해 낼 수 없기 때문이며 특히 나의 그리오인 아마두 쿰바의 목소리와 말솜씨와 몸짓이 내게 부족한 까닭이다.

나는 아마두 쿰바가 들려준 이야기와 격언으로 만든 견고한 씨실에 나무랄 데 없는 그의 잉앗실[7]을 걸고 서툰 직공의 어설픈 솜씨로나마 베틀북을 놀려 옷감을 짜서 파뉴[8] 한 벌을 짓고 싶었다. 만일 할머니가 살아 돌아와 내가 만든 파뉴를 보신다면 당신께서 처음으로 자아내신 무명실을 알아보실지 모른다. 그리고 아마두 쿰바는, 생생함은 훨씬 덜하겠지만 그가 예전에 나를 위해 짜 주었던 아름다운 천의 빛깔을 떠올릴 수 있으리라.

2

암나귀 하리

이야기를 시작하자마자 옆길로 샜다가 나중에 본래 이야기로 돌아와서 재미를 더하는 것이 아마두 쿰바가 자주 쓰던 수법이다. 지금부터 여러분에게 아마두 쿰바가 해 준 이야기를 전해드리고, 나중에 언젠가는 그의 행적에 대해서도 들려 드릴까 한다.

우리 중 누군가가 무슨 말을 꺼내면 그걸 구실 삼아 쿰바는 자주 시간 속의 저 멀리 아주 먼 곳까지 우리를 데려가 주었다. 지나가는 남자를 보거나 여자의 몸짓을 보고서도 아마두 쿰바는 기억 속에서 그의 할아버지의 할아버지, 그러니까 고조할아버지가 그 할아버지에게서 배운 이야기와 지혜의 말씀을 끌어내곤 했다.

〆

온종일 남쪽 길을 따라 걸어 올라갔더니 썩은 고기를 먹는 짐승들이 하얗게 발라 놓은 뼈다귀와 저마다 썩은 정도가 다른 사체들이 표지판이라고는 세워진 적 없는 이곳에서 이정표 역할을 하고 있었다. 코트디부아르에서 수단까지 콜라 열매를 나르던 나귀들의 사체와 뼈였다.

"가엾은 나귀들! 웬 고생인지!"

내가 이렇게 말하자 아마두 쿰바가 말을 받았다.

"자네도 딱하게 생각하는군. 하지만 오늘날 나귀들이 이렇게 노예의 노예 신세가 된 것은 다 자기들 탓이야…. 다카르[1]에서 세금과 공물을 거둬들이라는 명령이 내려오면 식민지 총독은 식민지 구역[2] 사령관에게, 식민지 구역 사령관은 (당연히 통역을 거쳐서) 지역 우두머리인 면장[3]에게, 면장은 마을 우두머리인 촌장에게, 촌장은 집안의 우두머리인 가장에게 명령을 내리고, 그럼 가장은 나귀 등짝에 매질을 해대지. 마치 옛날 카요르 왕국[4]에서 왕 다멜이 벼슬아치인 라만에게, 라만은 자유인인 디암부르에게, 디암부르는 천민인 바돌로에게, 바돌로는 노예의 노예에게 명령을 내리는 것과 마찬가지야

(지금이라고 예전과 달라진 것 같진 않으니까) ···. 오늘날 나귀가 이 모양 이 꼴로 살게 된 건 다 그럴 만한 이유가 있지."

※←

옛날, 아주 까마득한 옛날에는 땅 위에 사는 여느 동물과 마찬가지로 나귀도 부족한 것 없는 나라에서 자유롭게 살았더랬지. 우린 까맣게 잊어버렸지만 나귀들은 분명 그때 그 시절을 기억할 거야. 그런데 대체 나귀들이 애초 무슨 잘못을 저질렀기에 그런 벌을 받게 됐을까? 그 이유를 아는 사람은 이전에도 없었고 앞으로도 없을 테지. 어쨌든 어느 날 심한 가뭄이 나귀 나라를 덮쳐 나귀들은 기근에 허덕이게 됐어. 끝도 없이 계속된 논쟁과 토론 끝에 여왕나귀 하리와 시녀들은 결심했지. 좀 덜 척박한 땅, 좀 더 살가운 고장, 좀 더 비옥한 나라를 찾아 떠나자고 말이야.

인간이 사는 응게 왕국은 다른 어떤 곳보다 농사가 잘되는 것처럼 보였어. 하리는 그곳에 눌러앉고 싶었지. 하지만 무슨 수를 써야 인간이 소유한 온갖 좋은 것을 탈 없이 차지할 수 있을까? 아마도 방법은 딱 하나. 나귀가 인간이 되는 거지. 하지만 과연 인간이 스스로 피땀 흘려 이룬 자신의 소유물을 남에게 선뜻 내어 줄까? 그런 이야기는 여태 들어본 적이 없었지. 하지만 여자한테라면? 그러면 마다할 남자가 없을 거야. 왜냐하면 일찍이 살아 움직이는 것들 가운데, 수컷이 암컷에게 뭔가를 거절하거나 손찌검을 하는 건 본 적이 없으니까. 미친개가 아니라면 말이야. 그래서 하리는 암컷 인간이 되기로 마음먹었어. 시녀들도 함께 말이지.

응게 왕국에서 이슬람교를 독실하게 믿는 신하는 무어인(人)[5] **나르**가 유일할 거야. 그런다고 무슨 상을 받는 건 아니지만 그저 강제로 이슬람교를 왕국에 들여온 선조들[6]에게 부끄럽지 않은 후손이 되자는 생각이었지. 그런데 나르에게는 남다른 점이 있었어. 하나는 피부가 유독 희다는 거고, 다른 하나는 하찮은 비밀도 마음에 담아 두질 못한다는 거야. 그래서 오늘날까지도 고자질쟁이를 보면 "무어인을 잡아드셨군"이라고들 말하지.

실제로 무어인 나르는 독실한 신도답게 하루 다섯 번 드리는 예배를 한 번도 거르지 않았어. 그러던 어느 날 아침, 목욕 의식을 하기 위해 응게 호수에 갔다가 목욕

하는 여자들을 발견했지. 얼마나 놀랐겠어? 무리 가운데서도 다른 여자들에게 둘러싸인 한 여자는 정말이지 눈부시게 예뻐서 떠오르는 아침 햇살이 무색할 지경이었지. 목욕이고 예배고 뭐고 다 잊어버린 채 나르는 부리나케 응게 왕 **부르**Bour를 깨우러 달려갔어.

"부르! 빌라히Bilahi! 왈라히Walahi! (정말로! 맹세코!) 제 말이 거짓이면 제 목을 치십시오! 호수에서 어떤 여자를 봤는데, 말로 할 수 없을 만큼 예뻐요! 호수에 가 보세요, 부르! 얼른요! 그 여자의 짝이 될 사람은 부르뿐이에요."

부르는 무어인 나르를 거느리고 호수로 가서 그 아름다운 여자와 일행을 데려왔지. 그리고 여자를 아내로 맞아 아끼고 사랑했어.

하지만 인간이 자신의 천성天性에게 "잠깐만 여기서 기다려"라고 말해 봤자지. 등 돌리기 무섭게 뒤쫓아 오는 것이 바로 천성이거든. 인간만이 그런 숙명을 짊어진 건 아니야. 다른 생명체와 마찬가지로 나귀도 인간처럼 그런 숙명을 타고났지. 그래서 하리와 시녀들은 응게 왕의 궁전에서 탈 없이 행복하게 살면 됐는데도, 날이 가면 갈수록 따분하고 지루해졌어. 히히힝 대며 방귀 뀌기, 떼구루루 바닥을 구르며 뒷발질하기 등 나귀들이 천성적으로 좋아하고 즐거워하는 모든 것이 그리워진 거야. 그래서 어느 날 나귀들은 무더운 날씨를 핑계 삼아, 날마다 해 질 녘에 호수로 나가 목욕을 했으면 좋겠다고 부르에게 청을 넣어 허락을 받아 냈지.

나귀들은 저녁마다 그렇게 바가지며 솥이며 온갖 설거짓거리를 챙겨 호수로 가서 부부boubou[7]와 파뉴를 훌렁훌렁 벗어던지고 첨벙첨벙 물속에 들어가 노래를 불러 댔지.

하리, 히히힝!
하리, 히히힝!
하리는 암나귀!

어디 있나, 여왕나귀 하리?
멀리 가서 돌아오지 않네.

노래를 부르면 부를수록 여자들은 차츰차츰 암나귀로 변해갔지. 그리고선 물 밖으로 나와 뛰어다니며 뒷발질을 해 대고 떼구루루 구르고 방귀를 뀌어 댔어.

암나귀들의 신나는 놀이를 방해할 사람은 아무도 없었어. 훼방꾼이 될 수 있는 단 한 사람, 땅거미가 지면 저녁 예배를 드리려고 마을을 빠져나와 목욕을 하던 단 한 사람인 무어인 나르가 메카로 순례를 떠났기 때문이지. 물놀이가 끝나면 몸은 나른했지만 기분이 상쾌해진 하리와 시녀들은 다시 여자의 몸이 되어, 깨끗해진 바가지와 솥을 챙겨 들고 부르의 왕궁으로 귀가했어.

만약 나르가 오가는 길에 죽었거나 동쪽에 있는 밤바라Bambara족이나 푈Peulh족, 하우사Haoussa족의 왕국에 포로로 잡혀 노예 신세가 됐거나 그것도 아니면 천국에 한 발 더 가까운 메카의 카바 신전 근처에서 여생을 보내기로 했다면, 나귀들은 그렇게 아무 탈 없이 잘 지낼 수 있었을 거야. 하지만 어느 화창한 날 나르가 기어이 돌아왔고, 하필이면 해 질 녘이었지. 왕에게 문안 인사를 드리기 전에 나르는 먼저 호수에 들렀어. 거기서 여자들을 발견한 나르는 나무 뒤에 숨어 여자들이 부르는 노래를 들었지. 여자들이 암나귀로 변하는 광경을 봤을 때, 여자들을 처음 발견했던 날보다 더 크게 놀랐어. 하지만 나르는 왕궁에 도착해서 자신이 보고 들은 것에 대해서 한마디도 할 수 없었지. 성지 순례에 대한 축하와 질문

들이 쏟아졌으니까. 그러다 한밤중이 되자 비밀을 털어놓지 못한 탓에 저녁으로 먹은 쿠스쿠스와 양고기가 얹혀 속이 답답했지. 나르는 왕을 깨우러 갔어.

"부르! 빌라히! 왈라히! 제 말이 거짓이면 제 목을 치십시오. 부르의 총애를 받는 왕비는 인간이 아니라 암나귀예요!"

"무슨 소리냐, 나르? 순례길에 귀신이라도 본 거냐?"

"내일, 부르 그러니까 내일, 인샬라(신의 뜻대로) 내일! 입증해 보이겠습니다!"

이튿날 아침 나르는 왕의 그리오이자 악사인 디알리를 불러 하리의 노래를 가르친 다음 이렇게 말했지.

"점심 식사 후 부르께서 왕비의 무릎을 베고 누워 잠을 청하시면 왕비가 부르의 머리를 쓰다듬을 거야. 그러면 그때 선대왕의 업적을 기리는 노래 대신에 좀 전에 내가 알려준 노래를 기타에 맞춰 불러 주게."

"메카에서 배워온 노래인가요?" 자존심이 센 디알리들이 늘 그러하듯, 궁금한 게 많은 디알리가 물었지.

"아니야! 하지만 좀 있으면 이 노래의 위력을 알게 될 거야." 무어인 나르가 대답했지.

나르가 다시 순례 이야기를 하는 동안, 부르는 왕비의 무릎을 베고 꾸벅꾸벅 졸았어. 그러자 그때까지 기타를 뜯으며 조용조용 읊조리던 디알리가 노래를 부르기 시작했지.

하리, 히히힝!
하리, 히히힝!

왕비가 부르르 몸을 떨었지. 부르가 눈을 번쩍 떴어. 디알리는 노래를 계속했지.

하리, 히히힝!

하리는 암나귀!

"부르, 디알리의 노래를 멈춰 주세요." 왕비가 애원했어.

"왜 그러오, 왕비? 신나는 노래 같은데?" 부르가 대꾸했지.

"나르가 메카에서 배워온 노래랍니다." 디알리가 설명했어.

"제발, 부르! 노래를 멈춰 주세요. 제 고향에선 장례식 때 부르는 노래라 가슴이 아파요." 왕비가 끙끙대며 말했지.

"저런, 그렇다고 디알리의 입을 틀어막을 순 없지!"

그래서 디알리는 노래를 계속했어.

하리는 암나귀!

어디 있나, 여왕나귀 하리?

멀리 가서 돌아오지 않네.

왕의 머리를 받치고 있던 왕비의 다리가 갑자기 뻣뻣해지더니 허리에 두른 파뉴 밑으로 처음엔 말굽 하나가 나오고 그다음엔 다리 하나가 쑥 빠져나왔지. 다른 쪽 다리도 마찬가지로 모양이 변하고, 두 귀도 길쭉해지고, 급기야 아름답던 얼굴마저…. 남편 부르를 냅다 떠밀어 낸 하리는 암나귀로 변해서 방 한가운데서 뒷발질을 해 댔고, 그 광경을 본 무어인 나르는 떡 벌어진 입을 다물지 못했어. 옆방에서도, 부엌에서도, 안뜰에서도 나귀들의 뒷발질과 히히힝 대는 소리가 들려오는 걸 보면 시녀들의 운명도 왕비와 다르지 않았지.

여왕나귀와 마찬가지로 시녀나귀들도 회초리를 얻어맞고 굴레를 쓰게 됐어. 마침 그때 수나귀들이 여왕나귀와 자기들의 짝인 시녀나귀들의 운명이 걱정되어 길을 나섰다가 응게 왕국을 지나고 있었는데, 그들마저 같은 신세가 되고 말았지.

그러니까 나귀들이 매질을 당하며 고생고생하고 해가 뜨나 달이 뜨나 짐을 싣고 이리저리 총총거리게 된 것은 바로 응게 왕국의 암나귀 하리 때부터였던 거야.

그날 밤 원숭이 부족의 우두머리 **골로**는 뎀바의 수박밭에서 정말 심한 짓을 했지. 암, 그렇고말고. 골로는 원숭이를 죄다 불러들인 것 같았어. 수박밭에 줄줄이 도착한 원숭이들은 손에서 손으로 수박을 나르며 서리를 했을 뿐 아니라 떼로 몰려다니며 유포르비아 울타리를 마구 넘어 다녔어. 식물 중에서 가장 바보 같은 유포르비아는 눈물 같은 수액을 찔끔찔끔 흘리는 것밖에 할 줄 모르지. 수액은 건드려야만 나왔는데, 골로는 유포르비아를 마구 건드려 놓았을 뿐 아니라 다른 것도 마구 헤집어 놓았어. 그렇게 골로를 앞세운 원숭이 부족은 결국 수박밭을 온통 엉망으로 만들어 버렸지. 그날 원숭이들은 야비한 자칼 같았어. 자칼은 모두 알다시피 세상에서 가장 수박을 좋아하는 동물인 데다 오늘날까지도 태양 아래, 아니 자칼은 밤에 다니니까 달 아래 사는 동물 중 가장 막돼먹었지.

골로와 원숭이들은 자칼의 새끼들인 양 굴면서 수박밭을 엉망으로 만들었어. 이 수박밭이 메젬브 영감 것이 아니라는 걸 잘 알고 있었으니까. 옛날에 원숭이 부족의 시조는 메젬브 영감에게 엉덩이가 다 까지도록 심한 벌을 받았거든. 그래서 원숭이 후손들까지 그때 맞은 자국이 영영 남게 되었고 원숭이는 그 일을 두고두고 기억하고 있지.

메젬브 영감이 한 것처럼 수박밭 주인인 뎀바도 골로를 혼내 주고 싶었을 거야. 골로 녀석이 첫 수박밭 주인 메젬브와 한바탕했던 자칼 **틸**처럼 굴었으니까. 하지만 뎀바가 밭에 오기도 전에 골로와 원숭이들은 전부 도망가 버렸지.

골로가 한 짓은 정말 심했어. 그렇고말고. 다음 날 아침 난장판이 된 수박밭을 본 뎀바는 화가 날 수밖에 없었어. 허나 바깥일로 안사람 쿰바에게 화풀이를 해서는 안 되는 일이지. 넘지 말아야 할 선이 있는 법인데. 하지만 뎀바는 대문을 넘으면서 지켜야 할 선도 같이 넘어

버렸던 게야.

쿰바가 공손하게 무릎을 꿇고 앉아 건네준 물이 뎀바에게는 썩 시원한 것 같지 않았어. 쿠스쿠스는 너무 뜨거운 데다 싱겁기도 하고 고기는 또 너무 질긴 것 같고, 이것도 저것도 죄다 맘에 들지 않았어. 정말이지 하이에나가 제 새끼를 잡아먹고 싶어지면 새끼에게서 염소 냄새가 난다고 한다더니….

소리 지르는 것도 지겨워진 뎀바는 쿰바를 흠씬 두들겨 패기 시작했고, 한참 때리다 지치자 이렇게 말했어.

"처가로 돌아가. 너랑 이혼할 거야."

그러자 말 한마디 없이 쿰바는 자기 옷가지와 물건을 챙겨 짐을 꾸리고는 몸치장을 하고 가장 좋은 옷을 꺼내 입었지. 수가 놓인 상의는 봉긋한 가슴으로 도드라졌고, 응갈람산(産) 치마는 툭 튀어나온 엉덩이로 팽팽했어. 쿰바가 우아하게 움직일 때마다 진주 허리띠가 찰랑거렸고 머리를 어지럽히는 향수가 뎀바의 코끝을 찔러 댔지.

쿰바는 머리에 짐을 이고 집을 나갔어. 뎀바는 아내를 부르려다 말고 속으로 생각했지.

'처가에서 돌려보내겠지, 뭐.'

그런데 이틀, 사흘, 열흘이 지나도록 쿰바는 돌아오

지 않았고, 처가에서도 깜깜무소식이었어.

'앉을 일이 생겨야 엉덩이의 쓰임새를 안다고들 하지.'

뎀바는 집안에서 아내의 존재가 어떤 것인지 그제야 실감하게 되었어.

구운 땅콩은 정말 맛있지. 하지만 소스로 만들어 먹는 게 더 맛있어. 좁쌀죽에 달콤한 땅콩 소스를 얹어 먹거나 콩이 들어간 쿠스쿠스 요리에 짭짤하고 매콤한 땅콩 소스를 넣어 먹으면 훨씬 맛있다는 것은 미식가뿐만 아니라 죽지 않으려 마지못해 먹는 사람까지도 다 알잖아. 뎀바도 그걸 인정할 수밖에 없는 순간이 온 걸 깨달았어. 이제는 낮에 밭으로 새참을 가져다주는 사람도 없고, 밤에 땅콩이나 고구마를 구우려면 직접 불을 피워야 했지.

남자가 빗자루를 드는 것은 있을 수 없는 일이지만 먼지와 재, 땅콩과 감자 껍질이 하루하루 방바닥에 쌓여 가니 어쩌겠어?

제대로 일을 하려면 웃통을 벗어젖혀야 하는 법. 하지만 하루 일을 마치고 부부를 입을 때, 개의 간처럼 더러운 옷을 누가 걸치고 싶을까. 그래도 남자가 체면이 있지, 바가지며 비누며 빨랫감을 들고 강가나 우물가로 가서 빨래하는 게 가당키나 한 일이겠어?

뎀바는 이런 생각과 더불어 온갖 질문을 스스로 하기 시작했지. 조금 늦은 감이 있지만, 내면의 지혜로움이 깨어나 자꾸만 속살거렸어.

'앉을 일이 생겨야 엉덩이의 쓰임새를 안다고들 하지.'

금욕이란 참으로 고결한 덕이야. 암, 그렇고말고. 허나 아주 형편없는 친구이기도 하지. 그 친구는 잠자리를 같이하기엔 너무 보잘것없어서 뎀바는 밤마다 이부자리가 너무나 넓게 느껴졌어.

반면 쿰바는 하루하루 시간이 흐를수록 깨닫게 됐지. 남편에게 소박맞은 젊고 사랑스러운 여자의 처지는 젊고 활기찬 남자들이 득실한 마을에서 살기에 나쁘지 않고 오히려 살 만하다는 걸 말이야.

형제자매와 함께라면 어떤 여정도 편하고 즐겁지. 손위 형제는 잘 곳을 준비하고 손아래 동생은 불을 피우거든. 친정으로 돌아간 쿰바는 형제자매와 다시 만났어. 식구들 눈에는 쿰바가 시집가서 고생만 하다 온 사람처럼 보여 모두 쿰바를 아끼고 보살펴줬어.

주울 것이 많으면 허리를 굽히기도 힘들어지는 법이지. 쿰바가 도착한 첫날 밤부터 매일같이 집으로 구혼자

들이 몰려들었어. 디알리의 기타 연주에 맞춰 그리오가
노래를 부르며 구혼자 중에 신랑감을 고르라고 쿰바를
부추겼지만, 쿰바는 고르기가 힘들었어. 저녁 식사 후에
는 쿰바와 친구들과 구혼자들을 향한 그리오의 찬가와
조상들의 업적을 기리는 디알리의 연주만이 계속해서
울려 퍼졌지.

마침내 다가오는 일요일에 쿰바는 커다란 탐탐 소리
에 맞춰 구혼자 중에서 신랑감을 고르기로 했어. 그런데
이럴 수가! 토요일 저녁에 아무도 예기치 못했던 사람,
특히 쿰바로서는 생각지도 못했던 사람이 나타난 거야.

바로 뎀바였지. 뎀바는 처가에 들어가 이렇게 말했어.

"제 아내를 데리러 왔습니다."

"아니, 뎀바 자네가 이혼한다 하지 않았나!"

"저는 이혼한다 한 적이 없습니다."

쿰바를 찾으러 방에 가 보니 친구와 그리오, 구혼자와 악사로 가득 차 있었지.

"당신이 나더러 친정으로 돌아가라고 했잖아."

쿰바는 이렇게 말하며 남편 집으로 돌아가기를 완강히 거절했어.

결국 누구 말이 맞는지 마을 노인들에게 판결을 구해야만 했지. 그렇지만 마을 노인들도 남편과 아내 중 누구 말을 믿고 어떻게 결정해야 할지 알지 못했어. 요컨대 쿰바가 부모님 집을 떠날 땐 떠들썩하니 즐거운 분위기로 남편 집에 갔는데 돌아올 땐 혼자였고, 이레가 지나고 또 이레가 지나고 또다시 이레가 지나도록 뎀바는 쿰바를 찾으러 처가에 오지 않았단 말이야. 그러니까 쿰바가 남편의 이부자리에서 도망친 것은 아닐 거야. 여자는 결코 없어선 안 될 존재이니 웬만해서는 여자가 떠나도록 그냥 내버려 둘 리 없잖아. 하지만 쿰바가 남편의 집을 떠나 친정으로 돌아온 지 한 달이 채 되지 않았어.

그러니 설령 남편과 아내 모두 헤어지길 원했더라도 이혼이 완전히 결정된 건 아니지. 왜냐하면 아직까지 뎀바는 신붓값[1]도 결혼 선물도 돌려 달라고 하지 않았거든. 그런데 왜 안 했을까?

"그러니까요, 제가 이혼한다 한 적이 없기 때문이죠."

뎀바는 이렇게 대답했고,

"그러니까, 당신이 나한테 이혼한다 했기 때문이지."

쿰바는 이렇게 주장했어.

사실상 남편이 아내에게 이혼하겠다고 했다면 처가에 낸 신붓값과 아내에게 준 선물은 돌려받지 못하지. 이혼하겠다고 하지 않았다면 신붓값이나 선물을 돌려 달라고 할 일이 아예 없는 것이고 말이야.

지혜로운 노인들의 예리한 눈으로 판단하기에는 문제가 너무도 단순했지. 노인들은 부부에게 음불 마을로 가 보라고 했고, 뎀바와 쿰바 부부는 그렇게 음불 마을에서 응기스 마을로, 응기스 마을에서 음바단 마을로, 음바단 마을에서 쫄로르 마을로 보내졌어. 쿰바는 계속 "당신이 이혼한다 했잖아"라고 말했고, 뎀바는 어디서나 "나는 이혼한다 한 적 없어"라고 말했어.

두 부부는 이 마을에서 저 마을로, 이 나라에서 저 나라로 떠돌아다녔지. 뎀바는 자기 집과 이부자리 그리고 바가지에 가득 담긴 쿠스쿠스가 그리웠고, 손으로 쥐면 손가락에서부터 팔을 따라 기름이 줄줄 흘러내리는 쌀밥 생각도 간절했어. 쿰바는 짧았던 자유, 열렬한 구혼자들, 그리오의 찬사, 기타의 선율이 그리웠지.

쪼이 마을에도 가고 은두르 마을로도 가며, 한 사람은 여전히 "아니야!"라고 했고 다른 한 사람은 어딜 가나 "맞아!"라고 해 댔어. 이슬람을 믿는 마을에서는 마라부[2]들이 코란을 들여다보거나 혼인을 맺고 끊는 가르침이 담긴 파라타와 순나 기도문을 훑어보는 한편, 이슬람을 믿지 않는 티에도스 마을에서는 주술사가 신성한 항아리에 물어도 보고 콜라 열매즙으로 빨갛게 물든 조개껍질뿐 아니라 제물로 바친 닭에게도 물어보았어. 쿰바는 어디서든 "당신이 이혼한다 했잖아"라고 말했고, 뎀바는 늘 "나는 이혼한다 한 적 없어"라고 말했지.

그러던 어느 날 저녁, 부부는 마카 쿨리에 도착했어. 그곳은 참으로 특이한 마을이었지. 개와 고양이가 한 마리도 보이지 않았거든. 마카 쿨리에는 타마린드, 케이폭, 바오바브 같은 녹음이 짙고 그늘이 시원한 나무가 많았어. 그리고 지푸라기로 만든 집들을 둘러싼 타파트 담, 진흙으로 만든 사원을 둘러싼 울타리도 있었고, 사원 안마당에는 모래도 깔려 있었지. 알다시피 나무와 타파트 담, 집과 사원의 벽은 늙어서까지 예의 없이 구는 개 **카츠**가 걸핏하면 한쪽 발을 치켜올리는 장소가 아닌가. 그런데 오줌 중에서도 특히 개 오줌[3]은 몸 한구석이건 옷 끝자락이건 어디 한군데 살짝 묻기만 해도 가장 열렬한 기도마저 모두 물거품으로 만들어 버리지.

나무 그늘은 사람들이 모이거나 쉬기 위한 곳이지 개가 오줌을 누는 장소가 아니야. 마찬가지로, 사원 안뜰을 덮은 고운 모래도 고양이 **운두**가 똥을 감추라고 있는 곳이 아니지. 그 모래는 나귀를 모는 사람이 해안가에 쌓인 모래 언덕을 통해 다달이 구해 오는 설탕같이 새하얬어. 그런 이유로 마카 쿨리에는 개나 고양이가 한 마리도 없었던 거야. 아직 말도 할 줄 모르는 어린아이들만 뼈다귀를 갖고 놀다가 싸우며 먼지 속에서 나뒹굴 뿐이었지. 왜냐하면 마카 쿨리에서는 아이가 엄마에게 "엄마, 나 업어줘"라고 말하는 나이가 되면, 학교에 들어가 코란의 첫 장인 파티하부터 시작해 나머지 장까지 배워야 했거든.

어느 날 저녁 이런 마카 쿨리에 뎀바와 쿰바가 도착한

거였지. 이곳에는 메카 성지 순례를 셀 수 없이 다녀온 위대한 마라부 마디아카테 칼라가 열성적인 제자들에게 둘러싸여 살고 있었어.

이 마을에서는 아침부터 밤까지 그리고 종종 밤부터 아침까지도 기도문과 신도송을 읊조리고, 알라신과 예언자를 찬양하며, 코란과 하디스를 읽는 소리가 울려 퍼졌어.

어느 집에서든 멀리서 온 여행자를 환대했고, 뎀바와 쿰바도 마디아카테 칼라의 집에서 환대를 받았지. 쿰바는 여자들과 함께, 뎀바는 남자들과 함께 식사를 했어.

어느새 밤이 깊어 잠자리에 들 시간이 되었고 쿰바는 뎀바와 같은 방에서 자기를 거부했지.

"남편이 이혼한다 했거든요."

쿰바는 설명했어. 뎀바가 난장판이 된 수박밭을 보고 화가 나 돌아와서 어찌나 소리를 질러댔는지, 얼마나 심하게 때렸는지 이야기했어. 뎀바는 소리를 친 것은 인정했지만 아내의 말처럼 그렇게 큰 소리는 아니라고 했고, 또 쿰바에게 손을 댄 것은 맞지만 그냥 몇 번 툭툭 친 것일 뿐 별거 아니었다고 주장했지. 자신은 결단코 이혼한다 한 적이 없다고 덧붙이면서 말이야.

"맞잖아, 당신이 이혼한다 했잖아!"

"아니, 당신한테 이혼한다 한 적 없어!"

말싸움이 다시 시작되려 하자 마디아카테 칼라가 말을 자르며 자신의 아내 중 가장 젊은 타라에게 이렇게 얘기했지.

"쿰바를 당신 방으로 데려가게나. 이 부부의 문제는 내일 해결함세, 인샬라!"

부부는 그날도 따로 잠을 자러 갔어. 골로와 버릇없는 원숭이들이 수박밭을 온통 망쳐 놨던 그 불운한 날부터 매일 밤 그랬듯이 말이야. 원숭이는 자기들이 한 짓이 이런 결과를 낳을 줄 몰랐거나 설령 알았더라도 아랑곳하지 않았을 거야. 원숭이는 사람들 사이에 일어나는 일을 전부 알고 있으니까 아무래도 후자가 더 그럴듯하지.

이튿날 아침이 밝았고, 마카 쿨리에서는 여느 날처럼 여자들은 일하고 남자들은 기도하며 그렇게 시간이 흘렀지.

그런데 마디아카테 칼라는 전날 이렇게 얘기했단 말이야.

"이 부부의 문제는 내일 해결함세, 신이 원하신다면."

하지만 온종일 마라부는 뎀바와 쿰바를 부르지도 않

고 부부에게 질문도 하지 않았지. 그렇게 하루가 흘러가고 있었어. 쿰바는 여자들을 도와 집안일과 요리를 했고, 뎀바는 남자들과 함께 기도하며 마라부의 말씀을 들었지.

하루 일을 마친 태양은 쪽빛으로 물든 하늘 밭에서 초저녁별이 돋아나는 수확의 기쁨을 밤에게 알리며 집으로 돌아갔지. 사원 여기저기에서 무에진[4]들이 연거푸 신자들에게 저녁 기도 시간이라고 외치는 소리가 바람결에 들려오기 시작했어.

이맘[5] 마디아카테 칼라는 고난이 가득한 길고 거친 구원의 길로 제자들을 안내했지.

신자들은 신성한 구절을 낭송하는 리듬에 맞춰, 몸을 구부리고 머리를 숙여 설탕처럼 하얀 모래에 이마를 가져다 댄 다음 다시 머리를 들어 몸을 일으켰다가 무릎을 꿇기를 반복했어. 마지막에는 오른쪽의 천사와 왼쪽의 천사에게 인사하기 위해 오른쪽으로 고개를 돌리고 이어서 왼쪽으로도 고개를 돌렸지.

"앗살라무 알레이쿰Assalamou aleykoum[6]."

인사말을 하자마자 마디아카테 칼라는 갑자기 몸을 돌려 물었어.

"아내에게 이혼한다 했던 남자는 어디에 있는가?"

"여기 있습니다."

신자들의 맨 끝줄에 있던 뎀바가 대답했다네.

"남자여, 그대의 혀는 결국 그대의 생각을 앞섰고, 그대의 입은 진실을 말하기로 했구려.

남편이 우리 모두 앞에서 자신이 아내에게 이혼한다고 말한 것을 인정했으니, 남자의 아내에게 염려 말고 친정으로 돌아가라고 전하시오."

※

"어떤가, 우리 마을에서 아직도 마디아카테 칼라의 판결 이야기가 사람들의 입에 오르내리는 이유를 알겠지." 아마두 쿰바가 말했다.

4

마멜

기억은 제 마음에 드는 땔감만을 골라 나뭇단을 꾸리는 법….

사방을 둘러보아도 지평선이 탁 트인 곳은 보이지 않았다. 여름의 녹음과 가을의 단풍이 지나간 뒤에 사바나의 광활한 풍경을 찾으려 애써 봤지만 그저 헐벗고 거무스레한 산들만 보였다. 신을 믿지 않았다고 해서 하얀 눈조차 덮어 주지 않은 늙은 거인이 쓰러진 모습의 산들뿐….

길쌈 솜씨가 서툴러 목화솜을 따지도 골라내지도 못하는 겨울은 눈송이 대신 그저 보슬비만 자아내고 있었다. 차디찬 하늘은 잔뜩 찌푸렸고, 창백한 태양도 벌벌 떠는 추운 날씨였기에 나는 난롯가에서 꽁꽁 언 손발을 쬐고 있었다….

직접 나무를 베어 지핀 불은 그 어떤 불보다도 따뜻하게 느껴지는 법….

타닥거리며 튀는 불꽃을 타고, 내 상념은 하나둘 추억으로 가득한 오솔길을 내달렸다.

별안간 불꽃은 일렁이는 파도 위에 비치는 붉은 노을로 변했고, 노을은 배가 지나간 물결 위로 도깨비불같이 반짝이며 흩어졌다. 긴 여정에 지친 여객선이 알마디곶을 느릿하게 둘러 가고 있었는데….

"겨우 저게 마멜[1]이라고요?" 곁에서 들리는 누군가의 빈정대는 소리….

그렇다! 기껏해야 해발 백 미터지만 이게 바로 세네갈에서 제일 높은 산, 마멜이다. 나는 그렇다고 할 수밖에 없었다. '비올레트'라고 부르고 싶은 마음을 억누르지 못할 만큼, 여행 내내 그녀는 너무나 수줍고 소극적인 아가씨였다. 그런데 겨우 저게 마멜이냐고 빈정대며 내 고향 산을 하찮게 여기는 사람이 다름 아닌 비올레트였다니.

여행을 계속할 터이니 남쪽으로 더 가다 보면 푸타잘롱고원이나 카메룬산 같이 높은 곳도 보게 될 거라고 말해 봤지만 소용없었다. 비올레트는 여기는 이끼가 끼고 저기는 헐벗은 우스꽝스러운 두 개의 붉은 흙더미를 보며, 그저 자연이 세네갈에 산을 만들어 줄 때 성의가 없었다고 생각했을 터….

저녁에 태양이 대서양에 잠기기 전까지 오랫동안 비추고 있는 곳, 아프리카 서쪽 맨 끝 베르데곶에 솟은 두 개의 산인 마멜에 대해 자세히 들은 것은 한참 후였다. 내가 처음 고향에 돌아와 꽤 시간이 지난 후에 아마두 쿰바를 만나 그분의 지식과 지혜의 조각을 모으면서 비로소 알게 된 그 수많은 조각 중 하나인 마멜….

기억은 제 마음에 드는 땔감만을 골라 나뭇단을 꾸리는 법….

✳✦✦

오늘 밤 장작불 곁에서 내 기억은 마멜과 모마르의 두 아내 그리고 수줍던 금발 아가씨 비올레트를 골라 칡덩굴로 한데 묶어 나뭇단을 꾸린다. 조금 늦은 감이 있지만 이제라도 비올레트의 빈정대던 물음에 아마두 쿰바가 해 준 이야기로 답변을 대신하겠다.

아내를 둘 둔다는 건 꽤 골치 아픈 일이지. 대체로 실랑이와 큰소리, 욕설과 빈정거림을 꺼리는 사람이라면 아내를 하나만 두거나 셋을 둬야지 둘을 두면 안 되거든. 한 지붕 아래 아내가 둘이면 그 옆에는 항상 세 번째 여자가 따라붙기 마련인데, 쓸모도 없을뿐더러 이간질만 놓는 아주 못된 여자이지. 그게 바로 타마린드 열매 즙처럼 톡 쏘는 째진 목소리의 주인공 '질투심'이야.

모마르의 첫 번째 아내인 질투심 많은 카리가 딱 그랬어. 어찌나 질투가 심한지 질투심을 바가지 열 개에 가득 채워 우물에 던져 버리고도 숯처럼 시커먼 마음속에는 아직도 자루 열 개를 열 번이나 채울 만큼 질투심이 남아 있을 정도였지. 아닌 게 아니라 카리는 제 처지에 만족할 만한 이유가 딱히 없긴 했어. 왜냐하면 꼽추였거든. 아, 뭐 별거 아닌 아주 작은 혹이라서 풀 먹인 옷이나 넓은 주름이 있는 헐렁한 부부를 입으면 쉽게 가려지지. 그렇다고 해도 카리는 세상의 모든 눈이 자기 혹에 쏠려 있는 것 같았어.

어린 시절 카리는 '카리 쿠게Khary-khougué! 카리 쿠게!

(꼽추 카리!)'라는 소리를 귀가 따갑도록 들었지. 아이들은 남녀 가리지 않고 다 웃통을 벗고 다녔는데, 같이 놀던 여자아이들이 카리를 볼 때마다 등에 업은 아기 좀 빌려줄 수 있냐며 놀려 댔어. 그러면 화가 잔뜩 난 카리는 아이들을 쫓아가서 그중 하나를 붙잡아 할퀴거나 머리채와 귀걸이를 잡아 뜯으며 따끔한 맛을 보여 줬지. 그렇게 카리에게 호되게 당하는 아이는 아무리 울고 소리쳐 봤자 소용이 없었지. 오로지 친구들만이 기회를 틈타 카리가 때리고 할퀴는 게 좀 덜 무서워 보이는 때가 돼서야 그 아이를 겨우 구해 줬어. 아이들끼리 놀다가 울고 싸워도 어른들은 거들떠보지 않았거든.

나이가 들어도 카리의 성격은 조금도 나아지지 않았고, 오히려 정령이 건너가면서 상하게 만든 시큼한 우유처럼 마냥 더 고약해졌어. 이렇게 모마르는 꼽추 아내의 고약한 성미에 시달리고 있었지.

모마르는 밭에 일하러 갈 때 점심밥을 챙겨 가야 했어. 카리는 사람들의 시선이 두려워 집 밖을 나서려 하지 않았거든. 하지만 그보다 더 큰 이유는 밭일을 돕기 싫어서였지.

온종일 혼자 밭일을 하는 것도 지겨운 데다, 저녁에만

겨우 따뜻한 밥 한 끼를 얻어먹는 데 지친 모마르는 결국 두 번째 아내를 얻기로 결심했고, 쿰바라는 아내를 새로 들였어. 순진하게도 모마르는 새 아내를 들이면 카리가 더 다정하고 좋은 아내가 될 줄 알았지만, 실은 전혀 그렇지 않았지.

그런데 이게 웬일인지 쿰바조차 꼽추였어. 게다가 쿰바의 혹은 웬만한 혹보다 훨씬 더 컸지. 뒤에서 쿰바를 보면 염색집에서나 쓰는 커다란 항아리 위에 머릿수건을 올리고 바가지를 얹은 것처럼 보였거든. 그래도 쿰바는 성격이 쾌활하고 밝고 착했지.

너 나 할 것 없이 웃통을 벗고 놀던 시절, 어린 쿰바에게도 친구들이 등에 업은 아기 좀 빌려 달라고 놀려 댔어. 그러면 쿰바는 친구들보다 오히려 더 크게 웃으며, "젖 먹으러 내려오지도 않는 애가 설마 너희한테 가겠니?"라며 웃어넘겼지.

시간이 지나 어른이 된 쿰바는, 어른들이 아이들처럼 놀리진 않아도 실은 더 심술궂다는 걸 알게 됐지. 그래도 쿰바의 성격은 변하지 않았어. 시집가서 남편 집에 살면서도 여전했지. 카리를 언니처럼 여기고 비위를 맞추려 애썼어. 힘든 집안일을 도맡아 하면서도 강가에 나가 빨래도 했고 키질과 방아질도 했지. 매일 밭으로 식사를 가져가고 밭일을 돕는 것도 쿰바의 몫이었어.

그런 쿰바의 모습을 카리는 오히려 눈엣가시처럼 여긴 거야. 게다가 쿰바가 큰 혹을 달고도 아무렇지 않아 하는 모습을 보니 오히려 전보다 더 심통이 났지. 그래서 성깔을 부리게 되었어. 식탐과 마찬가지로 질투심도 자꾸 불어나는 법이거든.

이렇게 모마르는 두 아내 사이에서 반쪽짜리 행복을 누리고 살았어. 두 아내가 다 꼽추였지만 하나는 착하고 싹싹하며 애교가 있는데 다른 하나는 심술궂고 불평이 가득한 데다 성질이 사나웠으니까.

쿰바는 종종 밭일을 더 많이 도우려고 전날 밤이나 새벽에 미리 밭에 가져갈 점심밥을 준비해 놓기도 했지. 아침부터 밭을 갈거나 김을 매다가 쿰바와 모마르의 그림자가 뜨거운 햇살을 피하려 발밑을 바짝 파고드는 한낮이 되면 둘은 잠시 일손을 멈췄어. 쿰바가 쌀밥이나 죽을 데워 서로 나눠 먹고 나면 부부는 밭 한가운데 있는 타마린드나무 그늘 아래 나란히 누웠지. 한숨 자는 모마르와는 달리 쿰바는 자기 몸에 혹이 없었으면 어땠을까 생각하며 남편의 머리를 쓰다듬곤 했어.

나무 중에서도 타마린드나무 그늘이 가장 짙어서 무성한 나뭇잎 사이로 햇살이 비치면 꼭 대낮에 별이 반짝이는 것처럼 보였어. 그래서인지 타마린드나무에 정령이나 혼령이 가장 많이 찾아드는데, 개중에는 착한 정령과 나쁜 정령도 있고 분이 풀린 혼령과 화가 난 혼령도 있어.

아침엔 멀쩡히 집을 나섰던 사람이 저녁이면 미쳐서 고래고래 소리 지르는 건 한낮에 타마린드나무 아래에 있다가 봐서도 안 되고 만나지도 말았어야 할 다른 세계의 존재를 보았기 때문이야. 바로 그 사람의 말이나 행동 때문에 화가 난 정령과 맞닥뜨린 게지.

동네 아낙이 울고 웃고 소리 지르며 미쳐 버린 이유는 솥에 든 뜨거운 물을 바닥에 그냥 부어 버리다가 마당을 지나거나 편히 쉬고 있던 정령이 그 물에 데었기 때문이지. 그래서 정령이 타마린드나무 그늘에서 아낙을 기다리고 있다가 머리를 홱 돌게 만든 거야.

모마르나 쿰바는 어떤 행동이나 말로도 정령의 심기를 불편하게 만들거나 해를 끼친 적이 없었어. 그래서 타마린드나무 그늘에서 나쁜 정령의 화풀이를 두려워하지 않고 편히 쉴 수 있었지.

그날, 잠든 모마르 곁에서 쿰바가 바느질을 하는데 나무 위에서 누군가 자기 이름을 부르는 소리가 들렸어. 고개를 들어보니 눈앞에 있는 나뭇가지 위에 무척 나이가 많아 보이는 할머니가 있는 게 아니겠어. 목화솜보다도 하얀 머리카락이 등을 덮을 만큼 길었지.

"쿰바야, 평안하니?"

라고 할머니가 말을 건네자,

"평안하고말고요, 맘Mame(할머니)."

라며 쿰바가 대답했어.

"쿰바야, 난 네가 왼쪽과 오른쪽을 구분할 수 있을 때부터 네 마음씨가 곱고 덕이 많다는 걸 잘 알고 있단다. 네 고운 마음씨에 걸맞은 큰 선물을 하나 주고 싶구나. 보름달이 뜨는 금요일, 응게우에 있는 질흙 언덕에서 처녀 정령들이 춤을 출 거야. 밤이 되어 땅이 식으면 거기로 가거라. 탐탐 소리가 무르익고, 둥글게 둘러선 처녀 정령들이 신이 나서 쉴 틈 없이 서로서로 번갈아 춤을 출 때가 되면, 슬쩍 다가가 옆에 있는 처녀 정령한테 이렇게 말하거라."

'저기, 내 등에 업은 아기 좀 봐 줘. 이제 내 차례야.'

드디어 보름달이 뜨는 금요일, 마침 모마르는 첫째 부인 카리의 방에서 잠들었지.

마을에서 가장 늦게 잠자리에 드는 사람마저 잠이 들자, 쿰바는 방에서 나와 언덕으로 향했어.

멀리서 요란한 탐탐 소리와 박수 소리가 들려왔지. 빙 둘러 만든 원 가운데서 처녀 정령들이 한 명씩 돌아가며 신나게 '산디아이 춤'을 추고 있었어. 쿰바는 가까이 다가가 시끌시끌한 탐탐 리듬에 맞춰 교대로 춤을 추는 처녀 정령들의 열광적인 춤사위를 따라 손뼉을 쳤지.

하나, 둘, 셋, … 그리고 열 번째 처녀 정령이 부부와 파뉴를 펄럭이며 빙빙 돌았어. 그때 쿰바가 왼쪽에 있는 처녀 정령에게 등을 내보이며 이렇게 말했지.

"여기 애 좀 받아줘. 이제 내 차례야."

처녀 정령이 혹을 떼어 가자마자 쿰바는 달아나 버렸어. 열심히 달려 집까지 와서야 겨우 멈췄고, 때마침 첫닭이 울었지.

쿰바의 혹을 떼어 간 처녀 정령은 더는 쫓아올 수 없었어. 첫닭이 우는 소리는 탐탐을 멈추고 보름달이 뜨는

다음 금요일까지 정령들의 세계로 돌아가 있으라는 신
호였거든.

✕⟨⟨

　이제 쿰바의 혹은 사라졌어. 촘촘하게 땋은 머리칼이
가젤처럼 길고 가느다란 쿰바의 목으로 흘러내렸지. 아
침이 되어 첫째 부인의 방에서 나오던 모마르는 쿰바를
보자 꿈을 꾸는 줄 알고 몇 번이고 눈을 비볐어. 쿰바는
남편에게 자초지종을 말해 주었지.

한편 우물에서 물을 긷던 쿰바를 본 카리는 입안의 침이 쓰디쓴 담즙으로 변할 지경이었어. 눈은 벌겋게 충혈되고 입은 딱 벌어졌지. 비를 기다리는 흙덩이처럼 바싹 마른 입에서는 모링가 나무뿌리처럼 쓴맛이 났어. 하지만 카리는 벌어진 입으로 아무런 소리도 내지 못한 채 결국 기절해 버렸지. 모마르와 쿰바는 카리를 부축해 방안에 뉘었어. 쿰바는 카리에게 물을 먹이고 주물러 주고 위로의 말을 건네면서 밤새 간호했지.

뱃속부터 목구멍까지 차오른 질투심으로 숨이 막힐 뻔했지만 다행히 카리는 다시 기운을 차렸고, 착하기만 한 쿰바는 어떻게 자기 혹이 없어졌으며 어찌해야 카리도 혹을 떼어 낼 수 있는지 알려주었어.

✖

카리는 도무지 올 것 같지 않은 보름달이 뜨는 금요일을 초조하게 기다렸지. 하늘에서 온종일 어슬렁거리는 태양은 서둘러 집에 갈 생각이 없는 듯했고, 밤도 별무리를 풀어놓으러 나오기까지 한참을 꾸물거리는 것 같았어.

그래도 시간은 흘러 마침내 금요일이 되었지. 카리는 그날 밤 저녁도 거른 채, 타마린드나무에서 쿰바가 봤던 솜처럼 하얗고 긴 머리를 한 노파의 얘기를 하나부터 열까지 세세하게 다시 들었어. 카리는 초저녁의 온갖 소음이 잦아들며 사라지고, 한밤중의 온갖 소리가 살아나 점점 커지는 것을 느꼈지. 밤이 되어 땅이 식자 카리는 처녀 정령들이 춤추는 질흙 언덕으로 향했어.

마침 처녀 정령들은 누가 더 재주가 많고 민첩하며 오래 춤을 추는지 겨루는 중이었지. 둥글게 둘러선 친구들의 환호와 노래, 손뼉 치는 소리에 맞추어 처녀 정령들은 고조되는 탐탐 리듬에 맞춰 저마다 춤 솜씨를 뽐내려 안달이 나 있었어.

이때 카리가 슬쩍 다가가서 쿰바가 알려준 대로 손뼉을 쳤지. 하나, 둘, 셋, … 그리고 열 번째 처녀 정령이 춤을 추며 원 안에 들어갔다가 가쁜 숨을 몰아쉬며 나오자, 카리는 옆에 있는 처녀 정령에게 이렇게 말했어.

"여기 애 좀 받아줘. 이제 내 차례야."

그러자 그 처녀 정령은, "어머, 아니야! 내 차례야. 너나 이 애 좀 보고 있어. 누가 나한테 꼬박 한 달이나 맡기고선 데리러 오지도 않았단 말이야"라고 하며, 쿰바가

맡겼던 혹을 카리의 등에 철썩 붙여 버렸어. 때마침 첫 닭이 울자 처녀 정령들은 사라졌고, 카리는 등에 혹을 두 개나 단 채로 언덕 위에 홀로 남겨졌지.

원래 있던 작디작은 혹도 카리를 평생 괴롭혔는데 이건 그보다 훨씬 더 커다란 혹이었어! 감당할 수 없을 정도로 어마어마했지.

치맛자락을 걷어 올린 카리는 무작정 앞으로 뛰기 시작했어. 밤이고 낮이고 달린 카리는 얼마나 멀리, 얼마나 빨리 달렸는지 바다에 이르러 파도에 몸을 던졌지.

하지만 카리의 몸이 다 잠기지는 않았어. 바다가 카리를 통째로 삼키려고는 하지 않았거든.

그렇게 '카리 쿠게'의 두 혹이 베르데곶에 불쑥 솟았고, 가장 늦게까지 태양이 비추는 아프리카 맨 끝 땅이 되었어.

마멜산이 바로 카리의 두 혹이었던 거라네.

5

응고르와 콩

응고르 센은 세네갈 디아하우에 사는 순수혈통 세레르Sérère족으로 피부가 숯처럼 검은 사나이였지. 그는 바닷가의 상고마르 모래부리에 평생 딱 한 번 가 봤을 뿐 마을을 벗어나 북쪽이나 동쪽으로 간 적은 없었어. 그러니 마시나 제국에 살던 퓔족 노인 마우도의 불행에 대해서도 당연히 들어본 적이 없었지. 마우도 노인은 수십년 전 마을 집회가 있던 밤, 그만 남들 앞에서 큰 소리로 방귀를 뀌고 말았지[1]. 어른이나 아이 할 것 없이 서로 눈짓을 주고받더니 그를 바라봤고, 마우도는 자리에서 일어나 어둠 속으로 사라지더니 남쪽으로 자취를 감춰버렸어. 마우도는 밤낮으로 몇 달을 하염없이 걷고 또 걸어 마르카Marka족이 사는 나라와 밤바라족의 땅 그리고

미니앙카Minianka족의 마을을 지나, 건기에는 마치 거대한 묘지처럼 보이는 세네포Sénéfo족의 울퉁불퉁한 밭을 지나갔지. 그 후로 칠 년이 일곱 번 지나는 동안 나체족이 사는 숲 속에서 살았어. 그렇게 지내던 마우도는 드넓은 고향 땅에 대한 그리움으로 메마른 가슴을 안고 천천히 마시나를 향해 늙고 지쳐 쇠약해진 발걸음을 옮겼지. 고향을 떠나왔을 때처럼 다시 몇 달을 걷고 또 걸어 드디어 어느 날 밤 니제르강 가까지 왔어. 그날은 강물이 불어 물살이 셌지. 많은 양 떼를 데리고 강을 건너느라 지친 목동들이 활활 타오르는 장작불 주위에 앉아 담소를 나누고 있었어. 추위에 꽁꽁 얼어 버린 팔다리를 녹이러 불 근처로 다가가던 마우도는 목동들의 대화를 듣게 되었지.

"그건 그렇게 오래전 일이 아니라니까!"

"더 오래된 일이 확실하다고. 이봐, 우리 아버지 말씀으로는 그때가 '방귀의 해'였다고 하셨다니까 그러네."

이 얘기를 들은 마우도는 그대로 발길을 돌려 어둠 속으로 자취를 감추고, 멀고 먼 남쪽에서 여생을 마치려고 길을 떠났지….

응고르 센은 푈족 노인 마우도의 이런 애잔한 이야기

를 들어본 적이 없었는데도, 좌우를 구별할 수 있는 나이가 되고부터는 절대로 콩²을 먹으려 하지 않았어.

콩을 어떻게 요리하든 소용없었지. 매운 땅콩 소스나 시큼한 소리쟁이나물 소스를 넣어도 먹지 않았고, 염소 갈빗살이나 양 목살, 소고기나 영양 고기에 곁들여도 마찬가지였어. 응고르는 절대로 콩에 손을 대지 않았고, 단 한 알도 입에 넣은 적이 없었지.

누구든 응고르가 '절대 콩을 먹지 않는 사나이'라는 걸 알았어. 그 이유를 알지 못했지만, 아무도 그를 응고르라는 이름으로 부르지 않았어. 이제 마을 사람들은 물론 온 나라에서 응고르는 '콩고르'로 통했지.

가운데에 검은 점이 있는 동부콩이 든 바가지 근처엔 절대 얼씬도 하지 않는 응고르에게 짜증이 난 친구들은 언젠가 꼭 그에게 콩을 먹이리라 다짐했어.

풍만한 가슴과 탄력 있는 엉덩이에 덩굴같이 유연한 몸매를 가진 어여쁜 아가씨 은데네는 응고르 센의 연인이었지. 응고르의 친구들은 은데네를 찾아와 이렇게 말했어.

"은데네, 만일 네가 응고르에게 콩을 먹이면 네가 원하는 건 다 해 줄게. 부부나 파뉴, 돈이랑 목걸이 뭐든 말이야. 형제 같은 우리한테 콩을 안 먹는 이유조차 말을 안 하니 환장할 지경이거든. 응고르네가 콩을 금기시하는 집안도 아닌데 말이지."

한창 멋 부릴 나이인 젊고 예쁜 아가씨에게 옷가지와 보석을 약속하다니! 그걸 위해서라면 뭐든 못 하겠는가? 망설일 게 뭐가 있겠는가? 금기시하지도 않는 음식을 먹이는 거라니, 게다가 사랑한다 말하며 매일 밤 그 사랑을 증명해 보이는 이에게 먹이라니? 그보다 더 쉬운 일은 없기에 은데네는 그렇게 하기로 약속했지.

사흘 밤 내내 악사이자 가수인 그리오들이 젊은 연인들의 분위기를 달아오르게 해 준 뒤 물러나면, 은데네는 평소보다 더 부드럽고 다정하게 응고르를 대했어. 한숨도 자지 않고 달콤한 노래를 부르며 사랑을 속삭였고, 안마와 부채질까지 해 주며 응고르를 어루만져 주었지. 그렇게 사흘 밤이 지나고 아침이 되자 응고르가 물었어.

"내 사랑 은데네, 나한테 뭔가 바라는 게 있는 거야?"

"사랑하는 응고르, 다들 당신이 콩을 안 먹으려 한대. 심지어 당신 어머니가 요리하신 것도 말이야. 그래서 내 소원은, 당신이 내가 만든 콩 요리를 먹는 거야. 아주 조금이라도 좋아. 항상 그랬듯 날 정말로 사랑한다면 그렇게 해 줘. 나만 알고 있을게."

"제일 바라는 게 그뿐이야? 그래 좋아! 내일 저녁에 땅이 식으면 네가 요리한 콩을 먹도록 하지. 그게 내 사랑의 증표가 된다면 말이야."

저녁이 되자 은데네는 땅콩 소스와 고추, 정향은 물론 각종 향신료를 넣어서 콩의 향과 맛이 느껴지지 않도록 콩을 요리했지.

은데네는 깜빡 잠든 응고르의 머리를 쓰다듬으며 부드럽게 깨운 뒤 먹음직스러운 음식이 담긴 바가지를 내밀었어.

잠에서 깬 응고르가 오른손을 씻고 와서 음식 앞에 앉았고, 은데네에게 이렇게 말했지.

"은데네, 우리 마을에 있는 친구들 가운데, 만일 코가 없어져서 죽을 지경이라면 그 친구를 살리기 위해 네 코라도 떼어 주거나 아무런 비밀 없이 모든 걸 다 털어놓을 만큼 너와 마음이 맞는 친구가 있니?"

"물론 있지." 은데네가 대답했어.

"누군데?"

"티오로야."

"그럼 데리고 와 봐."

은데네는 곧 친한 친구를 데리러 갔고, 티오로가 오자 응고르는 이렇게 물었지.

"티오로, 너는 마음을 털어놓을 제일 친한 친구가 있니?"

"응, 응고네야." 티오로가 대답했어.

"그럼 가서 응고네한테 좀 오라고 해."

티오로는 친자매보다 더 가깝게 지내는 응고네를 데리러 갔지. 응고네가 오자 응고르는 또 이렇게 물었어.

"응고네, 너는 세상의 어떤 비밀도 다 털어놓고, 대낮처럼 훤하게 속마음을 내보일 수 있는 친구가 있니?"

"응, 제간이야." 응고네가 대답했지.

그 자리에 불려 간 제간도 비밀을 다 나눌 수 있는 사람이 있느냐는 응고르의 질문에 시라라고 대답했고, 응고르는 또 제간에게 가장 친한 친구 시라를 불러오라고 했어. 시라는 자기 속내를 전부 털어놓을 수 있는 유일한 친구인 카리를 부르러 갔지. 카리도 가장 은밀한 비밀까지 나눌 수 있는 친구를 부르러 갔어.

어느덧 집 안에는 이렇게 줄줄이 불려 온 열두 명의 여자들이 콩 요리를 앞에 두고 앉은 응고르를 에워싸게 되었지.

"내 사랑 은데네," 응고르가 말문을 뗐어. "내가 콩을 먹을 일은 절대 없을 거야. 만약 오늘 저녁 네가 요리한 이 콩을 먹는다면, 내일이면 여기 있는 모든 여자가 내가 콩을 먹었다는 사실을 다 알게 되겠지. 그럼 이 여자들의 친구들도 알게 될 것이고 친구들은 남편에게, 남편은 부모에게, 부모는 이웃에게, 이웃은 또 자기 친구들에게 알려 결국 마을 전체를 넘어서 온 나라가 다 알게 될 테니까."

이윽고 밤이 되자, 응고르 센은 집으로 발길을 돌리며 세네갈의 현자 코츠 바르마[3]의 첫 번째 교훈이 옳았다고 생각했지.

'여자에게 사랑을 주되, 믿음은 주지 말라.'

6

엄마 악어

하늘을 날고 땅속을 기고 물속을 헤엄치며 사는 짐승들 가운데 가장 어리석은 짐승은 땅에선 기어 다니고 강바닥에선 걷는 카이만 악어이다.

"이건 내가 아니라 원숭이 골로의 의견이라네."

라며 아마두 쿰바는 운을 뗐다.

"골로가 세상에서 제일 입이 험한 놈이라는 건 누구나 다 아는 사실이지만, 골로가 모두에게 그리오 노릇을 하다 보니 어떤 이들은 그래도 골로의 말이 가장 이치에 맞다고 하고, 또 어떤 이들은 골로가 적어도 자기 말을 곧이듣게 만드는 재주가 있다고들 하지."

※←←

　골로는 세상에서 가장 어리석은 동물은 악어이고, 그
건 악어의 기억력이 제일 좋기 때문이라고 여기저기 떠
벌리고 다녔어. 골로의 말이 칭찬인지 비난인지, 시샘인
지 경멸인지는 알 길이 없지. 기억력 이야기가 나와서
말인데, 신이 기억력을 나눠 주는 날 골로는 분명 늦게
왔을 게야. 짓궂은 장나을 좋아하지만 머리가 나빠서,
시도 때도 없이 아무에게나 장난을 치다가 갈비뼈가 부
러지고 엉덩이 털이 다 빠졌던 일은 금세 잊어버리니까.
그러니 악어에 대한 골로의 의견은 엄마 악어 **디아시그**
가 원숭이 무리 가운데 하나와 싸웠던 그날 나왔을 거
야. 분명 별것 아닌 장난에 디아시그가 조금 지나치게
화를 냈기 때문이겠지.

　디아시그는 기억력이 좋았어. 기억력이 세상에서 가
장 좋다고도 할 수 있지. 왜냐하면 진흙 속 땅굴이나 양
지바른 강둑에서 그저 지나가는 동물과 사물, 사람을 그
냥 쳐다보면서, 조각배를 젓는 노櫓들이 푸타잘롱고원에
관한 이야기부터 하루 일을 마친 태양이 몸을 담그는 대
서양에 관한 이야기까지 수다쟁이 물고기에게 전해 준

소문과 소식을 얻어듣기만 해도 다 기억할 수 있었으니까. 디아시그는 강가에 와서 빨래나 설거지를 하고 물을 긷는 아낙네의 수다도 들었고, 북쪽에서 남쪽까지 아주 먼 길을 온 당나귀와 낙타들이 좁쌀이나 고무가 든 짐을 잠시 내려놓고 천천히 목을 축이는 소리도 들었더랬지. 때로는 사막 쪽으로 올라가는 오리들이 지나가며 재잘대던 이야기를 들려주려고 새들이 직접 디아시그를 찾아오기도 했어.

하여간 디아시그는 기억력이 좋았어. 골로는 이런 디아시그의 기억력을 못마땅해하면서도 속으로는 대단하다고 생각했지. 디아시그가 어리석다는 이야기를 할 때면 골로는 일부러 과장도 하고 천성이 광대인지라 거짓말까지 서슴지 않았어. 그런데 가장 안타까운 건 토끼 **루크**를 따라 디아시그의 새끼 악어들까지도 원숭이들이 엄마에 대해 하는 말을 믿기 시작한 거지. 간사하고 영악한 이 토끼 루크는 양심을 헌신짝처럼 여기는 놈인데, 어느 날인가 잽싸게 뛰어보려고 신발을 벗어 머리 양쪽에 매달았다가 그 후로 쭉 신발을 귀로 쓰고 있지. 그리고 어디서 날아올지 모르는 몽둥이가 무서워 아무것도 없는 사막에서조차 우왕좌왕 뛰어다니는 자칼 틸도 골로와 루크처럼 생각했지. 몽둥이질로 엉덩이가 축 처진 것처럼 보이는 겁쟁이 도둑 하이에나 부키도, 사방에 퍼진 험담과 소문을 낚아채는 낚싯바늘 같은 부리에 통통한 혀를 끊임없이 놀리는 앵무새 **쪼이**도 마찬가지였어. 교활한 표범 **세그**도 아마 이 천한 놈들의 생각에 기꺼이 동조했을 수도 있었겠지만 그렇게 하기엔 골로에 대한 원한이 너무 깊었지. 나무 꼭대기에 있는 골로를 잡으려고 달려들 때마다 골로에게 매를 맞아 아직도 코끝이 까져 있기 때문이야.

어쨌든, 새끼 악어들까지 골로의 말이 진짜라고 믿기 시작한 거야. 새끼 악어들은 엄마가 가끔 너무 지루한 이야기를 늘어놓는다고 생각했어.

햇볕을 쬐는 게 지겹거나, 한밤중이 지나도록 강물에 얼굴을 비추며 목을 축이는 달을 바라보는 게 따분해지거나, 바보 같은 조각배들이 강물 위에 배를 드러내고 떠내려가는 걸 보다가 싫증이 날 때면 디아시그는 새끼 악어들을 불러 모아 인간들의 이야기를 해 주었어. 악어들의 이야기는 할 게 없었으니까. 그래서 가여운 새끼 악어들은 신나기는커녕 따분했을 게야.

엄마 악어는 새끼들을 불러 모아 자기가 직접 본 것과

외할머니 악어가 보고 들려준 이야기, 외증조할머니 악어가 외할머니 악어에게 들려준 이야기를 해 줬어.

그런데 새끼 악어들은 자꾸만 하품을 해댔지. 엄마 악어가 가나의 병사와 상인 이야기를 해 줄 때부터 그랬는데, 외증조할머니 악어는 그 사람들이 노예사냥도 하고 응갈람의 황금을 캐러 오가는 걸 직접 보았다고 했어. 수망구루Soumangouru 왕을 물리친 순디아타 케이타 Soundiata Keita 황제가 말리 제국을 건설한 이야기를 해 줄 때도 하품을 했지. 외증조할머니 악어는 여기로 처음 왔던 피부가 흰[1] 사람들을 봤고, 그들이 손발과 얼굴, 팔을 씻고 난 뒤에 떠오르는 태양을 향해 절을 했다는 이야기를 해 줄 때도 마찬가지였어. 피부가 흰 사람들은 피부가 까만 사람들에게 자기들처럼 동쪽을 향해 절을 하도록 시켰고, 그 사람들이 지나간 뒤엔 강물이 시뻘겋게 물들었지. 강물이 어찌나 시뻘게졌는지 외증조할머니 악어는 세네갈강을 떠나 바핑강과 팅키소강을 거쳐 강들의 왕인 졸리바강, 즉 니제르강으로 옮겨가야만 했지. 그런데 거기서도 사막 나라에서 내려온 귀가 흰 사람들과 맞닥뜨렸고, 외증조할머니 악어는 다시금 전쟁과 시체들을 보았지. 시체가 하도 많아서 악어 종족 중가장 먹성이 좋은 악어도 일곱 달이 일곱 번 지나도록 배탈에 시달렸어. 외증조할머니 악어는 거기서 작은 왕국들이 멸망하고 거대한 제국들이 세워지는 것을 목격했던 게야.

외할머니 악어가 보고 들었던 이야기를 해 줄 때도 새끼 악어들은 하품을 해댔어. 쿨루발리가 만딩고Mandingo족 왕을 무찌른 이야기와 삼십 년의 세 배나 살았던 응골로 디아라 왕이 죽기 전날에도 모시 왕국을 쳐부수는 이야기를 해 줄 때도 그랬지. 그리고 엄마 악어가 강의 지배자이면서 왈로 왕국의 왕인 브라과, 카요르 왕국의 왕인 다멜이기도 하며 무어인들의 지배자였다고도 하는 투쿨뢰르Toucouleur족의 영웅 삼바 람에 대한 이야기를 해 줄 때도 하품을 했어. 투쿨뢰르족 어부들은 삼바 람이 어찌나 자랑스러웠는지 지금도 거만하기만 한 나머지, 새끼 악어들의 머리 위에서 삼바 람을 칭송하는 노래를 불러대고, 뛰노는 새끼 악어들을 장대로 괴롭히곤 하지.

엄마 악어가 이야기를 해 줄 때면 새끼 악어들은 하품을 하기도 하고 상상의 나래를 펼치기도 했어. 악어만의 위대한 업적을 상상하기도 하고, 금덩이와 사금이 나오는 머나먼 강기슭을 상상하기도 했지. 그곳에서는 매년 사람들이 악어에게 결혼 적령기가 된 처녀를 산 채로 바쳤어.

새끼 악어들은 동쪽 **핑쿠** 지역에 있는 머나먼 나라도 상상했어. 어느 날 새들 가운데 가장 지혜로운 순례자 새 이비스가 해 준 말에 따르면, 그곳에서는 악어를 신으로 받든다고 했거든.

그리고 새끼 오리 **두구두구**가 해 준 이야기가 진짜인지 알아보러 저 먼 마시나 제국의 커다란 호수까지 가서 뱃사공인 보조Bozo족의 노래를 듣는 상상을 하기도 했어. 새끼 오리의 말에 따르면, 악어네 집 바로 앞까지 빨래하러 오는 왈로 왕국 여인들의 노래가 오히려 같은 뱃사공인 소모노Somono족의 노래보다 보조족의 노래와 훨씬 더 비슷하다고 했지. 소모노족의 조상은 외할머니 악어가 큰 강을 거슬러 올라갔던 때 니제르강 가의 남쪽 산악 지대에서 왔던 자들이기도 하지.

또 새끼 악어들은 바핑강과 바코이강에 대한 상상도 했어. 이 푸른 강과 하얀 강은 바풀라베에서 만나 지금 악어들이 사는 강으로 흐르고 있지. 살벤자리 물고기들의 말에 따르면, 바풀라베에는 아무것도 두 강 사이를 갈라놓지 않는데도 아주 오랜 시간 두 강물 색이 서로 섞이지 않는다고 하네. 새끼 악어들의 소원은 바로 이 두 강물에 동시에 몸을 담가 보는 거야. 한쪽 몸은 푸른 강물에, 다른 한쪽은 하얀 강물에 두고 딱딱한 등의 돌기를 뜨거운 태양에 내놓은 모습으로 말이야.

새끼 악어들은 종종 세네갈강에서 출발해서 바핑강과 팅키소강을 거쳐 니제르강까지 갔던 외증조할머니의 여정을 자기네도 똑같이 따라가 보는 상상을 했어. 부모 악어의 이빨처럼 새끼 악어들의 상상도 끝없이 자라나는 법이지…. 새끼들은 이렇게 악어만의 위대한 업적을 상상했지만, 엄마 악어는 그저 전쟁 이야기와 서로 죽고 죽이는 인간들의 이야기만 할 뿐이었어.

그래서 새끼 악어들은 새들 중 가장 험담을 잘하는 새끼 자고새 **쪼케르**의 말과 골로가 엄마에 대해 한 말을 믿으려 했던 거야.

※≪≪

그러던 어느 날 아침, 까마귀 떼가 강 위를 아주 높이 지나가며 깍깍 울어 댔어.

벌거숭이 태양 — 샛노란 태양
이른 새벽 벌거벗은 태양은
금빛 햇살을 쏟아 내네
샛노란 강가에 …

땅굴에서 나온 디아시그는 강둑에서 멀어져 가는 까마귀 떼를 보았지.

한낮에는 다른 까마귀 떼가 좀 더 낮게 날아가며 깍깍 울어 댔어.

벌거숭이 태양 — 새하얀 태양

벌거벗은 새하얀 태양은

은빛 햇살을 쏟아 내네

새하얀 강물 위로 …

디아시그는 고개를 들고 새들이 멀어져 가는 모습을
바라보았지.

해 질 녘에는 또 다른 까마귀 떼가 강둑에 앉아 깍깍
울어 댔어.

벌거숭이 태양 — 새빨간 태양

벌거벗은 새빨간 태양은

핏빛 햇살을 쏟아 내네

새빨간 강물 위로 …

디아시그는 연한 뱃가죽으로 모래를 쓸며 성큼성큼
다가가 까마귀 떼에게 떠나가는 이유와 노래에 담긴 뜻
이 무엇인지 물었지.

"브라힘 살룸이 옐리에게 전쟁을 선포했어"라며 까마
귀 떼가 대답했어.

너무나 놀란 디아시그는 황급히 집으로 돌아갔지.

"얘들아, 트라르자의 수장이 왈로 왕국에 전쟁을 선포했다는구나. 어서 여기를 떠나 멀리 가야 해"라며 엄마 악어가 말하자 가장 어린 새끼악어가 물었어.

"엄마, 트라르자의 무어인이랑 왈로 왕국의 월로프Ouoloff족이 싸우는 게 대체 우리랑 무슨 상관이에요?"

"아가야, 마른 풀이 싱싱한 풀까지도 태워 버릴 수 있단다. 어서 가자꾸나"라며 엄마 악어가 재촉했지.

하지만 새끼 악어들은 엄마를 따라가고 싶지 않았어.

※※

군대를 이끌고 강을 건넌 왈로 왕 옐리는 가나 영토의 북쪽 강기슭에 발을 디디자마자 되도록 그들을 강에서 멀어지게 하려는 적군의 속셈을 알아차렸지. 왈로 군에 결투 신청을 하러 강까지 왔던 트라르자 군이 정작 왈로 군을 앞에 두고도 실제로 달아나려는 것처럼 보였거든. 트라르자 군은 사막이 있는 아주 멀고 먼 북쪽에서만 싸우려 했어. 왈로 군의 흑인 병사들은 전투 전에 강에 들어가 물을 마시면 아주 강해지기 때문에, 강이 없는 곳까지 가야만 트라르자 군에게 유리했거든. 달아나는 트라르자 군을 뒤쫓기 전에 왈로 왕 옐리는 병사들에게 낙타와 당나귀들이 짊어진 수통을 가득 채우도록 지시했고, 명령이 떨어지기 전까지는 절대로 손대지 말라고 했지.

이레 동안 왈로 군은 트라르자 군을 뒤쫓았어. 강에서 충분히 멀어졌으니 왈로 군이 첫 교전부터 갈증에 허덕일 거라고 판단한 트라르자의 수장 브라힘 살룸은 마침내 병사들을 멈추게 했지. 그리고 이내 전투가 시작되었어.

끔찍한 전투가 이어진 이레 동안 왈로 군의 병사는 저마다 싸울 적을 고르고, 트라르자 군의 병사도 제각각 적을 상대해 싸웠지. 옐리는 혼자서 브라힘 살룸과 그의 다섯 형제까지 상대해야 했는데, 바로 첫째 날 수장 브라힘 살룸을 죽였고, 나머지 닷새 동안에는 하루에 한 명씩 브라힘 살룸의 형제를 무찔렀어. 그리고 이레째 되던 날, 옐리는 전쟁터에서 아군에게 버림받은 브라힘 살룸의 아들을 사로잡았지. 옐리는 오른쪽 옆구리를 다친 이 트라르자의 후계자를 붙잡아 왈로 왕국으로 돌아왔어.

포로가 된 이 젊은 왕자를 치료하기 위해 모든 이슬람

원로들과 치료사들이 궁전으로 불려왔어. 그렇지만 온
갖 치료에도 불구하고 상처는 더 악화하는 듯했지.

✕◄◄

그러던 어느 날, 왈로 왕국의 궁전으로 노파 하나가
찾아와 아주 효능이 좋다는 처방을 내렸어.

처방은 다음과 같았어. '하루에 세 번, 갓 잡은 새끼
악어의 골을 상처에 바를 것.'

7
잘못된 만남 I

　혼자 살면서 남을 아랑곳하지 않고 남의 근심이나 성공에 개의치 않는 것이야말로 단연 현명하고도 합리적인 삶의 방책이라 할 수 있지. 그러나 소문과 잡담, 추문과 담을 쌓고 고독을 즐기다 보면 때로 곤란에 처하는 법이야.

　발걸음까지도 조심스럽고 신중한 카멜레온 **카카타르**. 만약 그가 덤불숲이나 마을 사람들과 가까이 지냈더라면 다들 원숭이 골로를 어떻게 생각하는지 알았을 거야. 사람이나 짐승들이 골로에 대해 늘어놓는 불평도 들었을 테지. 골로가 막돼먹고 버릇없고 입이 거친 싸움꾼이고 심술쟁이 거짓말쟁이인 데다, 방탕하고 머릿속에는 누구를 골탕 먹일 궁리뿐인 녀석이라는 걸 말이야. 온갖 것을 함부로 건드리는 바람에 골로의 손바닥이 새까매졌다는 것도, 하도 얻어맞은 탓에 골로의 엉덩이가 까져서 새빨개진 것도 당연히 알았을 테지. 토끼 루크는 분명 골로가 왜 좋은 길동무가 아닌지 카카타르에게 얘기해 주었을 것이고, 자칼 틸이나 하이에나 부키는 물론 까마귀 **바혼뉴**까지도 어떤 경우라도 골로와 가까이하지 않는 게 좋다고 말해 주었을 테지. 두꺼비 **음보트**라면 자기 가족은 누구도 도마뱀 **바그**와는 길동무하지 않는다는 말부터 털어놓았을 거야. 저마다 안 맞는 길동무가 있기 마련이니까. 그런 다음엔 틀림없이 카멜레온한테 골로가 길동무로 맞지 않다고 말해 주었을 테지.

그러나 이런 조언을 해 줄 만한 사람이나 짐승이 있는 곳에는 카카타르가 발을 들여놓지 않았어. 비틀비틀 비실비실한 걸음새로 길을 가다 혹시 누군가 있는 것 같으면 카카타르는 주변색으로 자기 몸을 물들여 버렸거든. 오래된 바오바브나무 껍질 색으로 변하기도 했고 낙엽색으로 변해 낙엽에서 잠이 들거나 풀색으로 변해 풀에 등을 기대기도 했어.

그러던 어느 날, 오솔길 근처를 폴짝거리며 지나가던 원숭이 골로가 흰개미집 벽에 몸을 바짝 붙이고 숨어 있던 카카타르를 알아본 거야.

"카카타르 아저씨, 평안하신가?"

골로가 다정하게 인사했어.

몸 색깔을 잘 바꾸는 것과는 달리 과묵하고 고독을 좋아하는 성격인 카카타르라도 인사를 받은 이상 답을 안할 수가 없었어. '앗살라무 알레이쿰Assalamou aleykoum'이라는 인사말이 '알레이쿰 살람Aleykoum salam[1]'보다 더 멋진 말도 아니고, 빚은 갚아야 하는 법인데 인사말로 진 빚은 돈 들이지 않고서도 갚을 수 있으니까. 게다가 인사에 답한다고 해서 입이 닳는 건 아니니까.

"평안하고말고[2]."

언짢은 마음을 그대로 내비치며 카카타르는 마지못해 대답했어. 그러나 이런 짧은 대답만으로 골로가 물러갈 줄 알았다면, 골로를 몰라도 너무 몰랐던 게지.

"아저씨, 어디를 그렇게 신중하게 걸어가시나?"

호기심 많은 골로가 물었어.

"은줌 사흐*에 가고 있어."

이렇게 대답하는 사이 골로가 얼마나 가까이 다가왔

---

* '곡물 창고를 향해', 즉 '그리 멀지 않은 곳으로'라는 뜻이다.

는지 카카타르의 몸이 원숭이 골로의 털 색깔로 물들기 시작했지. 둘 다 꼬리를 다섯 번째 손처럼 쓴다는 점도 닮았는데 이제는 색깔까지 닮았으니 골로는 카카타르를 더 허물없이 대해도 되겠다고 생각하고 이렇게 말했어.

"그럼, 아저씨, 내가 같이 가 줄게. 아저씨 걸음걸이에 맞추는 건 식은 죽 먹기지."

그리하여 둘은 함께 은줌 사흐로 향했어. 골로는 카카타르와 보조를 맞추려 애썼지만, 흔들흔들 휘청휘청 걷는 카카타르의 걸음새에 맞춘다는 것은 애당초 어림도 없었지. 카카타르는 걸을 때마다 허공을 먼저 한번 더듬고는 길에 가시가 있는지 없는지 확인하는 것만 같았거든. 참다못한 골로는 우왕좌왕하고 앞서거니 뒤서거니 하다가 가끔씩 돌아와 길동무에게 몇 마디씩 건넸어.

은줌 사흐로 가는 길은 그리 멀지 않았지. 하지만 한쪽이 뜨거운 숯불 위를 걷듯이 계속 폴짝거리는 동안 다른 한쪽은 고슴도치 떼 위를 걷듯이 주춤거렸기에 두 여행자는 속도가 잘 나지 않았어. 은줌 사흐까지 반의반도 채 못 갔는데, 벌써 강렬한 태양이 머리 위에서 이글이글 열기를 내뿜고 있었어. 골로와 카카타르는 대추야자나무 밑의 들쭉날쭉한 그림자 아래 멈춰 섰는데, 그 나무에는 '감브'라는 호리병이 높이 매달려 있었지.

"이것 좀 봐."

모든 사정을 훤히 꿰뚫고 있는 골로가 말했어.

"웅고르가 오늘 저녁 잘 익은 야자주酒를 거둘 생각인 가 본데, 우리가 먼저 목을 축이세. 정말 더워 죽는 줄 알았어."

"하지만 저 야자주는 우리 게 아니잖아!"

카멜레온은 어이가 없었어.

"그래서 뭐?"

원숭이가 물었지.

"남의 물건은 언제나 '손대지 말라'고 하잖아."

그런 지적에 아랑곳할 골로가 아니었지. 벌써 나무에 올라가 걸려 있던 호리병을 손에 들고 벌컥벌컥 들이켜 버렸지. 탄산수처럼 톡 쏘고 거품이 가득한 신선한 야자 주를 다 해치운 골로는 빈 호리병을 아래로 떨어뜨렸는 데, 하마터면 카카타르가 맞아 으스러질 뻔했지. 골로는 나무에서 내려와 말했어.

"웅고르가 담근 야자주는 정말이지 꿀맛이었어. 이제 다시 길을 가면 되겠어, 아저씨."

둘은 다시 길을 떠났어. 대추야자나무에서 그리 멀어

지지도 않았는데, 둘의 발소리보다 훨씬 더 당당하고 우렁찬 발소리가 뒤쪽에서 들려오는 거야. 바로 응고르였어. 야자주가 가득 담긴 채 저 위쪽, 대추야자나무 옆구리에 매달려 있어야 할 호리병이 나무 아래 산산조각나 있는 것을 보고 만 게지. 뒤돌아 응고르를 본 골로는 처음에는 카카타르를 혼자 두고 도망갈 심산이었어. 뒷일은 카카타르가 알아서 처리하게 내버려 두려고 했지. 하지만 그저 도망가기만 하면 원숭이 부족 이름에 먹칠을 하는 꼴이 아닌가. 생각해 봐! 그렇게 하면 카카타르는 응고르에게 자초지종을 설명하고 골로가 범인이라고 말할 게 아니겠어? 그러면 골로는 그리 멀리 가지도, 오래 도망 다니지도 못하고 얼마 못 버티다 응고르의 손에 잡히겠지.

이런 생각 끝에 골로는 멈춰 섰고, 길동무 카카타르에게도 멈추라고 말했어. 그거야 카카타르한테 어려운 일이 아니었지. 예상대로 응고르가 화를 내며 둘에게 다가왔어.

"어떤 놈이 내 야자주를 몰래 마시고 호리병까지 박살 냈어. 누가 그랬는지 알아? 혹시 너희 두 놈 중 하나는 아니겠지?"

　카카타르는 자기 길동무의 소행이 들통날까 봐 조심하면서 입을 꾹 다물었지. 그런데 그때 골로가 입을 뗐어.

　"난 알아! 누가 그랬는지."

　카카타르는 한쪽 눈알을 굴려서 골로를 바라보았어.

　"바로 이 녀석이야."

　검지로 자신을 가리키며 말하는 골로를 보고 카카타르는 기가 막혔어.

　"뭐가 어째? 나라고? 네가 마셨잖아!"

　그러자 골로가 말했어.

　"응고르, 이 거짓말쟁이와 나, 우리 둘이 걸어 볼 테니 잘 봐. 네 야자주를 마시고 비틀거리는 게 어느 쪽인지.”

이렇게 말한 골로는 몇 걸음 내디딘 후, 반듯하게 서서 물었지.

“내가 취한 것 같아? 내가?”

그러고는 명령조로 말했어.

“카멜레온 아저씨, 어디 한번 걸어 봐. 취하지 않았다며.”

카카타르는 조금 걷다가 곧바로 비틀거리며 멈추었어. 세상 모든 카멜레온이 원래 그러니까. 그러자 골로가 이렇게 말했지.

“이거 봐, 응고르. 술꾼은 티가 나는 법이야.”

응고르는 카카타르를 잡아서 흠씬 두들겨 패고는 내동댕이치며 말했어.

“이번에 널 죽이지 않은 걸 신과 네 친구에게 감사해라.”

응고르는 대추야자나무 쪽으로 되돌아갔고 두 여행자는 다시 길을 떠났어. 그리고 저녁 무렵, 둘은 은줌 사흐의 들판에 다다랐지. 카카타르가 말했어.

“춥군. 여기 들판에 불을 피워서 몸을 좀 녹여야겠어.”

"안 돼. 그러면 안 되지."

원숭이는 반대했어.

"여기 들판에 불을 놓자니까."

카멜레온은 고집했고 어디선가 불씨를 찾아와서 들판에 불을 질렀어.

하지만 불은 벌판의 한구석만 태우고 금방 꺼졌지. 그런데 그사이에 타오르는 불길을 본 은줌 사흐 사람들이 황급히 달려와 물었어.

"누가 들판에 불을 지른 거야?"

"몰라. 나도 불빛을 보고 온 거거든."

카카타르가 이렇게 대답하자 원숭이는 아연실색했어.

"무슨 소리야? 설마 내가 이 들판에 불을 질렀다고 말하려는 건 아니겠지?"

"이 녀석이 자백할 마음이 없는 것 같으니, 우리 손을 좀 보시오들."

이렇게 말한 뒤 카카타르는 자신의 손을 내밀어 하얗고 깨끗한 손바닥을 보여 주었지.

"이제 네 손을 보여 줘. 네가 불을 지른 게 아니라며."

카카타르가 명령조로 말했어.

골로가 내민 손바닥은 새까맸지. 세상 모든 원숭이의

손이 원래 그러니까. 카카타르가 의기양양하게 말했어.

"이거 봐. 방화범은 티가 나는 법이야."

붙잡힌 골로는 평생 잊지 못할 만큼 심한 매질을 당했어. 그리고 그날 이후 골로는 카멜레온 카카타르와 절대 어울리지 않았다네.

8
잘못된 만남 II

　좌우로 움직이는 길쭉한 두 눈이 달린 게 **쿠푸칼라**는 집게손의 손가락이 두 개씩뿐이지만, 다리는 양옆에 네 개씩이나 달렸지. 쿠푸칼라는 낮에는 바깥출입을 하지 않았어. 태양이 내리쬐는 동안에는 진흙 속에 파놓은 컴 컴한 자기 집에서만 지냈어. 그러다 달 **베르**가 별무리를 하늘 목장에 풀어놓는 밤이 되어야 고개를 밖으로 내밀 었지. 쿠푸칼라는 피곤에 지친 달이 별무리를 하이에나 부키에게 맡기는 밤에는 밖으로 나왔지만, 깨진 항아리 조각[1] **칸은데르**에게 맡기는 밤에는 나오지 않으려 했어. 왜냐면 부키가 별을 잔뜩 먹어치운 밤이 더 어두컴컴하 다는 걸 알고 있었거든. 성실한 목동인 칸은데르는 하이 에나 부키 말고도 표범 세그, 사자 **가인데**, 자칼 틸 같은 무리로부터 별을 무사히 지켜내서, 쿠푸칼라에게는 달베르가 없는 밤하늘도 너무나 밝았던 거지.

그때만 해도 쿠푸칼라의 등은 볼록했어. 그래서 등 뒤에서 일어나는 일도 볼 수 있도록 작은 두 눈자루 끝에 눈을 달아 놓았지. 또 그때만 해도 쿠푸칼라는 땅 위에 사는 모든 이들처럼 앞으로 똑바로 걸었고, 어두운 밤 뭔가에 놀라기라도 하면 남들처럼 뒷걸음질도 쳤어.

밤에 돌아다니면서 쿠푸칼라가 본 거라고는 개처럼 생긴 주둥이에 살가죽 날개가 달린 박쥐 **은주구프**뿐이었고, 들은 거라고는 밤 짐승의 위대한 주술사인 어미 올빼미의 울음소리뿐이었지. 그러니 컴컴한 길만 찾아다니는 쿠푸칼라가 카멜레온 카카타르와 마주칠 일은 없었어. 카카타르는 이글거리는 태양 아래서만 신중하게 조심조심 다녔으니까. 설령 카카타르가 희미한 별빛이나 밝은 달빛 아래에서 밖으로 나오는 모험을 감행하더라도 쿠푸칼라는 늘 먹을거리를 찾느라 바빠서 카카타르를 보지도 못했을 거야. 설령 봤다고 해도 카카타르가 원숭이 골로와 함께 은줌 사흐에 가다가 겪은 일을 말해 주었을 리 없지. 또 말해 주었다고 해도 쿠푸칼라는 제대로 듣지도 않고 콧방귀나 뀌었을 게 뻔해. 자기는 주로 밤에 다니니까 배울 만큼 배워서 낮에만 다니는 이들보다 아는 게 훨씬 많다고 생각했거든.

그러던 어느 날, 모두들 낮에 먹이를 구하기가 어려웠고 한밤중에는 아예 아무것도 찾을 수가 없었어. 쿠푸칼라는 새벽이 밝아오도록 집에 들어가지도 못하고 배를 채울 것을 찾기 위해 계속 돌아다녀야 했지. 그러다가 쥐 **칸티올리**를 만난 거야.

칸티올리도 땅속에서 살았지만 쿠푸칼라와는 달리 밤낮을 가리지 않고 돌아다녔어. 마치 자기의 긴 꼬리를 무서워하듯 재빨리 다녀서 길에서 누구를 마주쳐도 인사 한마디 건넬 시간이 없을 정도였지. 그러니 길고 지루한 이야기와 잡담, 험담에 뾰족한 귀를 이리저리 기울여 볼 시간이 없었어. 칸티올리는 매일 길에서 두꺼비 음보트와 토끼 루크, 원숭이 골로를 비롯한 많은 이들과 마주쳤지만, 누구하고도 말해 본 적이 없었고 누구와 어울려야 하는지 조언을 들어본 적도 없었지. 골로도 타마린드나무 아래 짙은 그늘이나 흰개미집 발치에서 칸티올리를 불러 세워서, 미적미적하는 우유부단한 느림보 카카타르와 함께 은줌 사흐에 가던 날 자기가 당했던 일을 이야기해 주지 않았어. 설령 이야기해 주었다고 해도 뻔뻔한 골로는 자기가 카카타르의 길동무를 해 주는 친절을 베풀었다고 우겼을 테지만 말이야.

이런저런 조언과 험담을 들었다면, 쥐 칸티올리는 '같은 종족이나 같은 처지에 있는 자와 어울리는 게 낫다'는 교훈을 얻었을지도 모르지. 하지만 먹이를 구하려고 거의 앞만 보고 다니는 칸티올리는 어디든지 급하게 뛰어다녀서 누가 말하는 걸 주워듣거나 귀 기울여 들을 틈이 없었어.

먹이를 구하기 어려워진 그날, 칸티올리의 발걸음은 유달리 느리고 머뭇거리고 갈팡질팡했지. 그래서 쿠푸칼라와 마주치자, 멈춰 서서 매우 공손하게 인사한 거야.

"게 아저씨, 자마 응가 파난Djâma n'ga fanane(밤새 평안히 지냈어)?"

"자마 렉Djâma rek(평안하다마다)!"

짐작했겠지만 쿠푸칼라의 대답은 진심이 아니었지. 그렇지만 할아버지와 아버지가 줄곧 사용했던 예의 바른 인사말 대신 다른 인사말을 쓰는 게 가당키나 하겠어? 예의 바른 이가 자신의 건강을 걱정하는 이에게 잘 지내지 못한다고 대답할까? 지금까지 그런 대답은 들어 본 적도 없고 형식적이나마 우리가 계속 예의를 배우는 한 앞으로도 절대 듣지 못할 거야. 조금이라도 예의를 안다면, 죽어가더라도 평안하다고 평안할 따름이라고 '자마 렉!'이라고 대답해야 하지. 몸이 열 번 하고도 일곱 번이 아프더라도 '자마 렉!', 몸이 평안하다고 평안할 따름이라고 대답해야 하는 법이야. 집에 먹을 것이 다 떨어지고 집안 여자들이 새벽부터 해 질 녘까지 싸우고 해 질 녘부터 새벽까지 뿌루퉁해 있더라도 '자마 렉!', 집안이 평안하다고 평안할 따름이라고 대답해야 하는 거지.

그때까지 먹이도 못 찾고 헛걸음질만 했지만, 쿠푸칼라는 별생각 없이 관습대로 그렇게 대답했어. 칸티올리는 계속해서 물었지.

"그 많고 노련한 발로 어디를 가는 거야?"

길에서 마주치는 예의 바른 자에게 들을 법한 평범한 질문이었지만, 쿠푸칼라에게는 쓸데없어 보였는지 아까보다 더 무뚝뚝하게 대답했어.

"아마 너의 네 발이 가는 곳과 같겠지. 배를 채워 줄 곳 말이야."

쿠푸칼라의 퉁명스러운 말투에도 칸티올리는 기분이 상하지 않았는지 아주 상냥히 제안했어.

"잘됐네! 같이 가자."

쿠푸칼라는 두 눈자루를 끄덕이며 답했고 칸티올리와 함께 길을 나섰지.

그들은 한낮에 대추야자나무 아래에 도착했어. 대추 야자나무 이파리는 마치 머리카락을 땋아 달라는 듯이 하늘을 향해 얼기설기 뻗어 있었고, 과육으로 부풀어 오른 열매를 감싸고 있었지. 쿠푸칼라가 칸티올리에게 말했어.

"가서 열매 한 송이 따오지 그래? 너는 나무도 잘 타고 이빨도 아주 날카롭잖아."

칸티올리는 나무에 올라가 열매송이 꼭지를 이빨로

갉고는 외쳤어.

"게 아저씨, 받아!"

"잠깐만. 열매를 받기 전에 머리에 댈 푹신한 걸 찾아 와야겠어."

이렇게 대답한 쿠푸칼라는 자리를 떴지.

그러고는 화살 **페트**를 찾으러 갔어. 화살의 코는 그때 도 이미 뾰족했지만, 아직 대장장이 **투그**네 집에 들르지 않았던 터라 코에 금속 화살촉이 달려 있진 않았지. 그 래서 더 멀리, 더 높이 날기 위해 때로는 꽁무니에 깃털 두 개를 달기도 했어.

쿠푸칼라는 페트에게 물었지.

"페트, 만약 쥐 칸티올리를 만나면 그 녀석이 아주 높 은 대추야자나무 위에 있어도 맞힐 수 있겠어?"

자신의 능력을 의심하는 질문에 화가 난 듯한 화살 페 트가 대답했어.

"당연하지. 우리 아버지 활 **칼라**가 나를 쏘아 올리기 만 하면 돼. 두고 봐."

그러자 쿠푸칼라는 이렇게 말했지.

"그래, 내가 '지금이야!'라고 하면 그때 보여 줘."

다음으로 쿠푸칼라는 좀 더 멀리 떨어진 곳으로 가서

흰개미 **마흐**를 만났어.

"흰개미 여왕, 그대는 땔나무를 모조리 먹어 치우기로 유명하지 않은가. 그러니 날개가 없어도 빨리 나는 페트와 그 아버지 칼라를 만나면, 둘 다를 진흙으로 에워싸서 먹어치울 수 있겠지?"

"물론이지."

흰개미 여왕이 자신 있게 말했어.

"그럼 내가 '지금이야!'라고 하면 그때 에워싸는 거야."

계속 나아가던 쿠푸칼라가 이번에는 수탉 **세흐**를 만나 물었어.

"세흐, 세상을 깨우는 너는 그 무시무시한 개미 **멜린트**도 벌벌 떨게 하지. 만약 흰개미 마흐를 만나면 나무를 모조리 먹어 치우는 그 녀석을 두려워하지 않고 부리로 쫄 수 있겠어?"

"흰개미가 한 마리라도 얼씬대 봐, 내가 쪼아 버릴 테니."

수탉 세흐는 으스댔지.

"그럼 내가 '지금이야!'라고 하면 그때 쪼는 거야."

쿠푸칼라는 세흐에게 잠시 기다려 달라고 말한 다음 자칼 틸을 찾아갔지.

"틸, 만약 수탉 세흐를 만나면 시끄러워서 모두 잠도 못 자게 하는 그 거만한 녀석을 물어 버릴 수 있겠어?"

"물론이지!"

자칼 틸이 대답했어.

"그럼 내가 '지금이야!'라고 하면 그때 무는 거야."

그리고 나서 쿠푸칼라는 개 카츠를 만나러 갔어.

"카츠, 만약 자칼 틸을 만나면 똑바로 앞으로 걷지도 뛰지도 못하는 그 녀석을 낚아챌 수 있겠어?"

"와우와우Wawaw! 와우와우!" (응! 응!)

카츠가 대답했어.

"그럼 내가 '지금이야!'라고 하면 그때 낚아채는 거야. 이제 나랑 같이 가자."

쿠푸칼라는 카츠와 함께 발걸음을 돌렸어. 자칼 틸, 흰개미 마흐, 수탉 세흐에게도 따라오라고 했고, 화살 페트와 그 아버지인 활 칼라는 직접 들고 갔지.

그들은 나무 꼭대기에서 칸티올리가 열매 송이를 쥔 채 기다리고 있는 나무 밑에 도착했어. 그때 쿠푸칼라가 외쳤지.

"지금이야!"

그러자 개 카츠는 자칼 틸을 확 낚아채고, 틸은 수탉

세흐를 덥석 물고, 세흐는 흰개미 마흐를 콕콕 쪼고, 마흐는 활 칼라를 진흙으로 꽉꽉 에워싸고, 칼라는 화살 페트를 팽 쏘아 올리고, 화살 페트는 쥐 칸티올리를 맞히러 휙 날아가고, 칸티올리는 열매 송이를 그만 쿠푸칼라의 등 위로 쿵 떨어뜨리고 말았지. 그 바람에 등이 납작해져 버린 쿠푸칼라는 그때부터 옆으로 걸어다닐 뿐, 더 이상 앞으로 갈 수 없게 되었다네.

잘못된 만남 Ⅲ

게 쿠푸칼라는 살면서 딱 한 번 대낮에 나와 돌아다닌 이후로 털이나 깃털 달린 짐승과 다시는 어울리지 않겠다고 다짐했지. 쥐 칸티올리를 골탕 먹이려다가 도리어 영영 등이 납작해진 채로 살게 된 쿠푸칼라는 그날 당한 봉변에 대해 입도 벙긋하지 않았어. 사실 그날 쿠푸칼라는 칸티올리뿐 아니라 화살 페트와 그 아버지 활 칼라, 흰개미 여왕 마흐, 수탉 세흐, 자칼 틸까지 끌어들여 게가 골탕을 먹이면 어떻게 되는지 톡톡히 보여 줄 심산이었지. 이 무모한 장난으로 모두 골탕을 먹었지만, 개 카츠만 혼자 무사히 빠져나왔어. 카츠가 나이를 먹을 만큼 먹은 데다 어릴 적에 몽둥이도 좀 맞아 봐서 짐승 가운데 가장 사리에 밝다는 것이 토끼 루크의 생각이었지.

그래서 누구와 어울리든 손해 보는 일이 없다고 말이야. 주변 동물을 휜히 꿰뚫고 있는 루크가 하는 말이니 믿을 만했어.

쥐 칸티올리, 활 칼라, 흰개미 마흐, 수탉 세흐, 자칼 틸도 모두 그날 있었던 일에 대해 한마디도 꺼내지 않았어.

설령 이들이 그날 일을 사방에 떠들고 다녔다 해도, 암탉 **가나르**가 들었을 리 없지. 가나르는 고개를 갸웃거리며 여기저기 자꾸 귀를 갖다 대기는 하지만, 절구 발치에 흩어진 곡식 낟알을 고르는 데 온 정신을 쏟다 보니다른 소리를 들을 시간이 없었거든. 그저 팔꿈치가 뾰족한 귀뚜라미 **소체네트**가 날개를 비비는 소리와 셀 수 없이 많은 식구를 거느린 메뚜기 **은제레르**의 사촌이자 고아인 외동딸 여치 **소셰트**가 날개를 문지르는 소리, 그리고 흰개미 마흐가 짚으로 된 지붕이나 울타리를 주둥이로 갉아 먹는 '서걱! 서걱! 서걱!' 소리에만 귀 기울일 뿐이었지.

그날 이후 쥐 칸티올리는 자기처럼 주둥이가 길고 땅을 파는 동물하고만 어울리겠다고 결심했고, 화살 페트는 아버지 활 칼라의 등에 업혀 더 이상 그 누구의 부탁도 들어주지 않았어.

흰개미 마흐는 설령 암탉 가나르가 얘기를 들어준다고 해도 자기가 겪은 일을 털어놓으러 가는 위험을 무릅쓰지는 않았을 거야. 마흐가 보기에 가나르는 믿을 구석이 하나도 없었으니까. 가나르가 껍질이 덜 벗겨진 쌀 한 톨과 흰개미를 헷갈릴지도 모르잖아. 암, 충분히 그럴 수 있지.

수탉 세흐는 남편이라고 무게를 잡다 보니 아내에게 해야 할 말과 해서는 안 될 말을 잘 알고 있었고, 그러니체면 깎이게 굳이 자랑할 게 못 되는 그날 일을 암탉 가나르에게 말하진 않았지.

멀리도, 높이도 날지 못해서 땅에서 걸어 다니기만 하는 이 깃털 달린 동물들이 있는 곳에 자칼 틸은 아예 발을 들이지 않았어. 암탉 가나르가 무서워서도 아니고, 수탉 세흐가 무서워서도 아니었지. 세흐와 가나르 부부는 덤불숲보다는 주로 마을에서 사람들과 같이 지냈어. 사람들이 몽둥이와 창, 때로는 불을 내뿜는 막대기를 갖고 있었거든. 그래서 쿠푸칼라에게 당한 일은 자칼 틸도 암탉 가나르에게 들려줄 수 없었지.

오직 개 카츠만이 암탉 가나르에게 그날 무슨 일이 벌

어졌는지 들려줄 수 있었어. 카츠는 유일하게 체면을 지키며 거기서 용케 빠져나온 데다가, 암탉 가나르와 원래부터 친하게 지냈으니까. 당연히 수탉 세흐만큼은 아니지만, 마을의 소문과 덤불숲의 풍문을 들려주려고 가나르와 제법 자주 만났지. 사람으로 치면 무어인이라고 할 수 있을 만큼 카츠는 입이 가벼운 동물 중에서도 일등이었거든.

그러나 카츠의 입이 세상에서 가장 가볍고 혀는 가장 쉽게 말을 내뱉는다 해도, 자기가 들려주고 싶은 얘기만 했고 말하고 싶은 상대에게만 할 뿐이었지. 카츠는 가나르가 깃털 달린 짐승뿐 아니라 모든 짐승을 통틀어서 가장 멍청한 짐승인지라, 비밀을 털어 놓을 만한 상대가 못 된다고 생각하곤 했어. 카츠는 마을에서 엄마들이 아이에게 닭의 골을 못 먹게 하는 이유를 잘 알고 있었어. 실제로 닭의 골을 먹으면 머리가 흐리멍덩해졌거든. 꼭 물 한 바가지에 진흙 한 줌을 풀어 넣은 것처럼 말이야. 심술궂은 여편네들은 암탉 가나르가 실수로 방이나 부엌 안으로 들어올 때를 기다렸다가 악다구니를 부리며 내쫓았어. 사실 이웃집 여자들 때문에 시꺼멓게 탄 속마음을 풀려고 가나르에게 화풀이하는 것이었지. 카츠는 이런 여편네들의 처지가 이해되어 편을 들 때도 있다고 했어. 카츠뿐 아니라 모두 다 그런 속사정을 알고 있었어. 암탉 가나르만 그 욕이 자기를 향한 거라고 생각했지.

암탉 가나르가 이렇게 어리석은 이유는 달걀 **넨**이 자기보다 어리다고 생각해서 단 한 번도 넨에게 조언을 구하지 않았기 때문이야.

어느 날 사람들이 달걀 넨과 암탉 가나르 중 누가 먼저인지 궁금해 했고, 월로프족의 현자 코츠 바르마는 달걀 넨이 먼저라고 대답했어. 달걀 넨은 암탉 가나르보다 훨씬 많은 것을 먼저 알고 있었거든. 태초에 넨이 조약돌 **돗**과 길동무를 해서는 안 된다는 사실을 몰랐더라면 암탉 가나르는 이 세상에 존재할 수 없었을 거야. 달걀 넨이 조약돌 돗과 절대로 어울리지 않았기에 암탉 가나르가 마침내 무사히 세상에 나올 수 있었던 게지.

알에서 나온 암탉은 점점 자랐어. 하지만 아무리 나이를 먹어도 시장 가는 길조차 알지 못했지. 사람은 두 다리로, 짐승은 네 발로 시장에 다녀오는데, 암탉은 언제나 어깨에 걸친 막대기 끄트머리에 두 발이 묶이거나 사람들 손에 거꾸로 매달려 머리가 뒤집힌 채로 시장에 갔거든.

만약 암탉 가나르가 자기 아버지이자 아들인 달걀 넨에게 조언을 구했더라면, 아는 게 많은 넨은 여러 가지 충고를 해 주었을 거야. 그중에서도 특히 친구는 자기 또래를 사귀는 것이 좋고, 손님은 자기와 오른손 크기가 같아야 가장 좋다는 것을 알려 주었을 테지. 바가지에서 쿠스쿠스를 덜어 같은 크기로 뭉치려면 제일 중요한 것이 손의 크기이고, 입이나 배의 크기는 아무래도 상관없으니까.

다음 교훈은 어느 날 개 카츠가 암탉 가나르에게 가르쳐 준 거였지. 이 교훈은 가나르가 유일하게 기억하는 것이지만, 사실 이마저도 제대로 기억하고 있는지는 확실치 않아.

밭에 나간 남자들이 아직 돌아오기 전이었어. 여자들은 우물가에 있었고 아이들은 놀고 있었지. 화로에서는 더 이상 태울 게 없는 불 **사파라**가 받침돌 세 개 사이에서 사그라들고 있었고, 그 위에 놓인 솥 **친**은 이미 식어 있었어. 그때 개 카츠가 암탉 가나르를 데리고 솥으로 다가갔어. 솥에는 쌀밥이 가득했는데, 기름이 아래쪽으로 다 가라앉아 위쪽은 메말라 있었지.

그런 사정을 잘 알고 있던 카츠는 가까이 다가가 곧바

로 주둥이를 솥 바닥 깊숙이 처박아서 기름이 줄줄 흐르는 쌀밥을 맛있게 먹었고, 그걸 알 리 없는 가나르는 위쪽의 메마른 쌀알만 쪼아 먹었어.

둘 다 배가 부르자 카츠는 버터처럼 기름진 주둥이를 빼더니 암탉에게 말했지.

"친구야, 넌 정말 배워야 할 게 많구나. 음식을 먹을 때는 우선 그릇 밑바닥에 뭐가 있는지 살펴보고 먹어야 하는 법이야."

바로 그날부터 암탉 가나르는 무얼 찾든지 먼저 발로 긁어 흐트러뜨리고 나서야 부리를 갖다 대게 되었다네.

잘못된 만남 Ⅳ

두꺼비 부모의 눈에 아들 음보트는 아직 너무 어린 것만 같았지. 그래서 두꺼비 부족의 지혜를 이루는 몇 가지 기본 지식만 알려 줘도 충분하다고 생각했어. 두꺼비 부모는 아들에게 이렇게 신신당부했지. 주인을 위해 심부름하는 노예처럼 뛰어다니기만 하는 도마뱀 바그와는 절대 어울리지 말고, 덩굴줄기와 똑같이 색과 모양을 바꿀 수 있는 뱀 **잔**도 조심하라고 말이야. 갈라진 나뭇가지 껍질에 뱀 허물이 걸려만 있어도 도망가라고 충고했어. 하지만 먼 옛날 분수를 몰랐던 한 조상의 잘못으로 두꺼비 부족에게 닥친 참극에 대해, 두꺼비 부족의 씨가 말라 버릴 뻔했던 그 불행한 일에 관해 이야기해 주기에는 음보트의 귀가 아직도 너무 여리다고 생각했지.

✕←←

아주 오래전 일이었어. 하늘에서 떨어진 물로 늪이 가득 찼다가 다시 뜨거운 볕에 마르기를 수도 없이 반복했던 그 옛날부터, 두꺼비 부족은 대대손손 이 땅에서 태어나 헤아릴 수 없이 많은 밤을 울음소리로 가득 채우며 살다가 조상의 뒤를 따라 떠나갔지. 그런 먼 옛날에 두꺼비 음보트의 할아버지의 증조할아버지인 '마무 마마트 음보트'의 고조할아버지의 고조할아버지는 길을 가다가, 뱀 부족이 몹시 두려워하는 코뿔새[1] 영감의 딸을 만나 그만 사랑에 빠져 버리고 말았지. 그는 이 뱀잡이새 아가씨에게 청혼했고 혼인이 성사되었어.

그러던 어느 날, 눈이 아주 침침해진 코뿔새 영감이 더디고 머무적거리는 발걸음으로 돌아다니다가 오솔길에서 두꺼비 한 마리와 마주쳤어. 그런데 그 두꺼비는 시간이 없었던 걸까, 아니면 그냥 인사할 생각이 없었던 걸까? 왜냐하면 예나 지금이나 모든 두꺼비가 무척 예의 바르다고 생각해서는 안 되니까.

폴짝폴짝 뛰던 두꺼비는 인사하지 않은 이유를 말하지 않았어. 설령 말하려 했더라도 코뿔새 영감은 그럴

틈을 주지 않았겠지. 코뿔새 영감은 긴 목을 내밀어서 침침한 자기 눈앞으로 뛰어오르던 두꺼비 녀석을 부리로 날름 집어삼켰어. 마치 끈적한 오크라 소스를 잔뜩 묻힌 좁쌀 새알심처럼 두꺼비가 목구멍으로 꿀떡 넘어갔지.

그러자 이런 생각이 들었어.

"그렇게 오래 살면서도 이 맛있는 두꺼비 고기 맛도 모르고 생을 마칠 뻔했다니!"

코뿔새 영감이 마을로 돌아와 그리오에게 이 이야기를 들려주었더니 그리오가 이렇게 말했어.

"주인님, 원하신다면 주인님과 자식들, 친구들까지 두꺼비 고기를 얼마든지 드실 수 있을 거예요."

"도대체 어떻게 말인가?"

코뿔새 영감이 물었지.

"주인님, 하루만 밭일을 좀 도와달라는 장인의 부탁을 거절할 사위가 있을까요?"

"우리 마을에는 없지."

"다른 데도 마찬가지예요, 주인님! 그러니 주인님 밭에 와서 사위 노릇 좀 하라고 하세요. 주인님 사위는 그쪽 마을에서 착한 아들로 통하니 친구와 친구의 친구들까지 데리고 올 거예요."

그리하여 코뿔새 영감은 두꺼비 사위에게 전갈을 보내서 파종 시기가 다가오니 일손을 빌려달라고 했어.

두꺼비 사위는 그리오와 탐탐 연주자를 앞세우고 친구와 친구의 친구들, 그 친구들의 친구들을 모두 데리고 해뜨기 전에 코뿔새 마을에 도착하려고 첫닭이 울자마자 음보트 마을을 떠났어. 일찍 도착한 그들은 두꺼비 부족답게 일을 해치워 버리려고 곧바로 코뿔새 영감의 밭으로 향했지. 탐탐 소리와 그 장단에 맞춘 노랫소리가 울려 퍼지자 일이 한결 수월했어. 탐탐과 노랫소리는 마을 사람들을 깨웠고, 제일 일찍 일어난 코뿔새 영감의 그리오가 주인에게 다가가 말했어.

"주인님, 만찬이 준비된 모양입니다."

코뿔새 영감과 자손들, 영감의 친구들과 친구의 자손들이 사방에서 밭을 에워싸고 천천히 좁혀 들어갔어. 그런 다음 열심히 잡초를 뽑고 밭을 가는 두꺼비들을 덮쳤지. 제일 먼저 악사이자 가수인 그리오 두꺼비들이 잡아먹히자 탐탐과 노랫소리가 멎었고, 한동안은 딱딱, 부리를 열었다 닫았다, 다시 열었다 닫았다 하는 소리만 들려왔어.

가엾은 두꺼비들은 이리 팔짝, 저리 팔짝, 절뚝절뚝하며 도망치려 했지만 결국 코뿔새들의 시커먼 뱃속으로 들어가 버렸지.

두꺼비 세 마리만이 겨우 빠져나와서 이 슬프고 끔찍한 일을 음보트 마을에 전해 주었어. 그중 한 마리가 바로 음보트의 할아버지의 증조할아버지인 마무 마마트 음보트의 고조할아버지의 고조할아버지였던 거야.

이 이야기는 두꺼비 부족이 어린 두꺼비에게 가르치는 내용 중 하나이긴 하지만, 소년기를 벗어난 두꺼비에게만 가르칠 수 있었어. 그래서 부모의 눈에 한없이 어려 보이는 두꺼비 음보트는 아직 이 이야기를 알지 못했지.

분명 이런 사실을 몰랐기 때문에 음보트는 도마뱀 바그와 뱀 잔을 제외한 누구에게나 말을 건네길 좋아했어. 특히 음보트는 늪을 오가다 마주치는 모든 이들과 이야기하는 걸 좋아했는데, 그 길에서는 정말 많은 이들과 마주쳤지. 사실 낮에 일찍 가느냐 밤에 늦게 가느냐만 다를 뿐, 날고 기고 걷는 동물은 다 늪으로 가기 마련이거든. 개중에는 예의 바르고 친절한 이들도 있고 무뚝뚝하고 투덜거리는 이들도 있었지만, 두꺼비 음보트는 그들 모두에게 일일이 인사했고 가끔은 이야기도 나누었어. 그러던 어느 날, 음보트와 마주친 꿀벌 **얌브**가 이렇게 말했지.

"음보트, 언제 우리 집에 와서 같이 식사나 하자."

꿀벌 얌브가 세상 그 누구도 흉내 낼 수 없는 맛있는 음식을 만든다는 소문을 들었던 음보트는, 꿀벌이 다시 물을 새도 없이 단번에 응했어.

"너만 괜찮다면 내일 어때?"

"좋아, 그럼 내일 봐!"

다음 날, 늪에서 돌아오는 길에 두꺼비 음보트는 부모님께서 물려주신 낡은 항아리 집 쪽으로 향하는 대신, 입맛을 다시며 폴짝폴짝 신나게 뛰어서 꿀벌 얌브의 집으로 향했지.

"얌브, 사 야람 잠Sa Yaram Djam(꿀벌아, 평안하니)?"

두꺼비의 인사에 꿀벌이 대답했어.

"자마 마 렉Djama ma rek(평안하고말고)."

"그럼 실례할게."

음보트는 예의를 갖추었고,

"들어와."

꿀벌 얌브는 그를 맞이했어.

두꺼비 음보트는 꿀이 가득 담긴 바가지에 다가갔고,

제대로 배운 아이라면 모두 그렇듯 왼쪽 검지를 바가지
의 가장자리에 지그시 가져다 댔지. 그러고 나서 무척이
나 맛있어 보이는 음식을 향해 오른손을 뻗었는데, 꿀벌
얌브가 음보트의 손을 막았어.

"이런! 안 되지, 친구야. 그렇게 더러운 손으로 먹으
면 안 되지! 어서 가서 씻고 와!"

두꺼비 음보트는 흥겹게 찰박! 찰박! 늪으로 향했고,
역시나 흥겹게 다시 찰박! 찰박! 돌아와서 바가지 앞에
앉았어. 꿀벌 얌브는 그를 기다리지 않고 벌써 먹고 있
었지. 두꺼비도 바가지의 음식을 맛보려 했는데, 꿀벌이

다시 이렇게 말했어.

"아니, 네 손이 아까보다 더 더럽잖아!"

두꺼비 음보트는 다시 늪으로 향했지만 찰팍! 아까만큼 흥겹지는 않았어. 그리고 다시 꿀벌 얌브의 집으로 돌아왔는데 꿀벌은 똑같은 잔소리만 늘어놓는 거야.

훨씬 느려진 발걸음으로 두꺼비는 다시 늪으로 향했지. 철퍽! 철…퍽! 그렇게 왔다 갔다 하기를 일곱 번, 오가는 길에 묻은 진흙으로 음보트의 손은 여전히 더러웠고 뜨거운 태양 아래 땀은 줄줄 흘러내렸지. 그렇게 돌아왔더니 바가지는 이미 텅 비어 반질반질하게 닦여 있었어. 그제야 두꺼비 음보트는 꿀벌 얌브가 일부러 골탕먹인 것을 알아챘지. 그래도 음보트는 초대해 준 집주인에게 예의 바르게 인사했어.

"남은 하루도 평안하길, 얌브."

그러고는 자신의 낡은 항아리 집으로 발길을 돌렸지.

며칠이나 지났을까. 그동안 두꺼비 음보트는 어른들과 노인들의 가르침에서 많은 것을 배울 수 있었어. 그래도 그는 여전히 늪으로 가는 길에 만난 모두에게 인사하고 때로는 이야기도 나누었지. 꿀벌 얌브도 빼놓지 않고 말이야. 그러던 어느 날, 음보트는 얌브에게 이렇게 말했어.

"얌브, 언제 우리 집에 놀러 와. 같이 식사나 하자."

꿀벌 얌브는 초대에 응했지. 그리고 다음다음 날, 얌브는 음보트가 정말 착하고 뒤끝도 없는 녀석이라고 생각하며 음보트의 집으로 향했지. 문간에 날아 앉은 얌브가 인사했어.

"음보트, 평안하니?"

"평안하고말고!"

맛난 음식으로 가득 찬 접시 앞에 앉아 있던 두꺼비 음보트가 대답했지.

"어서 들어와, 친구야!"

그런데 꿀벌 얌브가 들어오자, 집안은 붕붕거리는 날갯소리로 가득 찼어. 붕붕! 붕붕!

"아니, 안 돼!"

두꺼비 음보트가 말했지.

"얌브, 이 친구야, 나는 밥을 먹을 때는 음악을 들을 수 없단 말이야. 부탁이니 네 탐탐은 밖에 두고 오렴."

꿀벌 얌브는 밖에 나갔다가 다시 들어왔지만 이번에는 더 큰 소리가 났어. 붕붕! 붕붕! 부우우우우! 붕붕!

"그 탐탐 좀 밖에다가 내려놓고 오라니까!"

두꺼비 음보트는 성을 내며 말했지.

꿀벌 얌브가 다시 나갔다가 들어왔지만 소리는 여전했어. 붕붕! 붕붕!

얌브가 낡은 항아리 안을 계속 붕붕거리는 날갯소리로 가득 채우며 일곱 번이나 나갔다 들어와 보니, 두꺼비 음보트는 이미 식사를 마친 데다가 접시까지도 반질반질하게 닦은 후였지.

꿀벌 얌브는 계속 탐탐을 울리며 자기 집으로 돌아갔어. 그리고 그때부터 얌브는 더 이상 두꺼비 음보트의 인사에 대꾸하지 않았다네.

하이에나의 창

넓디넓은 페를로 사막에는 깊은 우물이 드문드문 있었고 오가는 길도 안전하지 않았어. 하지만 목동 말랄 풀로는 하나도 두렵지 않았지. 사자 가인데와 맞설 수 있는 코란 구절을 알고 있었고, 신을 믿지 않는 사자를 만나면 써먹을 몽둥이도 가지고 있었거든. 아무리 신성한 코란 구절을 모른다 해도 사자는 초원의 왕이잖아. 그러니 충혈된 눈에 모래색 털이 달린 오만한 가인데는 창으로 찌르는 것보다, 당나귀 **음밤**을 길들이려고 가지고 다니는 몽둥이로 죽이는 게 더 낫지. 수치심을 주는 것은 날카로운 창끝이나 총알로 죽이는 것보다 느리긴 해도 확실한 방법이거든. 초원의 왕이 고작 창 자루나 몽둥이로 두드려 맞는다면 얼마나 수치스럽겠어!

그러니 말랄 풀로가 근사한 창이 필요했던 건 사자 가인데 때문이 아니었지. 그렇다고 하이에나 부키 때문도 아니었어. 이 저주받은 곳은 황폐한 데다가 드문드문한 우물에는 물도 거의 없어서 목동 말랄의 가축이 많이 죽어 나갔지. 그러니 부키 무리는 흙먼지 날리는 가축 떼 뒤를 졸졸 따라다니기만 해도 하루에 두 끼는 해결할 수 있었어.

말랄은 바로 교활하고 비열한 표범 세그에게서 자기 몸과 가축들을 지키기 위해 창이 필요했어. 세그란 놈은 눈을 보면 우두머리 같아도 영혼은 영락없는 노예인 데다가 발걸음은 경박하고 털빛은 야단스럽기까지 했지.

그리고 꼭 집어 말하자면, 말랄 풀로가 왼쪽 어깨에 메고 다니는 가죽 자루에 담긴 말린 쿠스쿠스 때문이기도 했어. 자기가 키우는 소와 양에서 짜내서 거품이 가득한 신선한 우유나 시큼한 발효유를 쿠스쿠스와 먹다가 질리면, 암사슴 넓적다리나 영양 고기 조각을 넣어 먹으려는 거지.

하루는 말랄 풀로가 왼 무릎 위에 오른발을 올리고 순례자 새 이비스처럼 외다리로 서서 창에 기댄 채 생각에 잠겨 있었어. 어쩌면 말랄은 헐벗은 페를로 사막이 나무와 풀로 울창했던 시절, 태양이 뜨는 동쪽에서 테르미스, 투아트, 마시나, 푸타까지 왔던 피부색이 흰 조상들을 생각하고 있었는지도 모르지. 아니면 훨씬 더 먼 곳에서 와서 바다 쪽으로 한참을 내려갔던 피부색이 숯처럼 검은 조상들에 대한 생각에 잠겼을 수도 있어. 혹은 큰 강으로 목을 축이러 가는 수많은 가축 떼를 떠올렸거나…. 말랄은 하이에나 부키가 다가왔을 때도 여전히 생각에 잠겨 있었는데, 부키는 그날따라 말랄 풀로의 가축 떼를 따라다녀도 아무런 먹을거리가 없자 말을 걸러 온 게 분명했지. 부키가 예의를 차리며 단정하게 인사하곤 물었어.

"말랄, 왜 짝다리로 서서 자는 거야? 그 작대기는 기대려고 쓰는 거야? 그냥 모랫바닥에 눕지 않고? 그렇게 좁은 잠자리보다 나을 텐데!"

"이건 잠자리가 아니야, 창이지."

"창? 창이 뭐야? 그건 뭐 할 때 쓰는 건데?"

"죽일 때."

"뭘 죽여? 사바나에 사는 양이나 소나 모두 제 명대로 살다 가는데 왜 죽여?"

부키는 내심 모두 제명대로 살다 죽는다고 딱 잘라 말

한 것이 너무 경솔하지는 않았나 생각했지. 사실 좀 미심쩍었으니까. 왜냐면 태양이 이미 집에 갈 채비를 마쳤는데도 부키의 배는 아직 홀쭉했기 때문이야.

때마침 암사슴 한 마리가 지나가자 말랄 풀로가 창을 던져 맞혔어. 말랄 풀로는 사슴의 숨통을 완전히 끊고는 먹기 좋게 잘라 부키에게도 나눠 주었지. 부키는 신선하고 육즙 가득한 아주 맛있는 고기를 실컷 먹을 수 있었어.

창은 바로 이렇게 쓰는 거란 말이지?

그러니까 창만 있으면, 죽어서 뜨거운 햇볕에 썩기 전에 상처 입거나 병들고 노쇠해 힘겹게 목숨을 부지하고 있는 짐승을 몇 날 며칠이고 기다릴 필요가 없다는 얘기지? 또 목덜미까지 털이 벗겨진 대머리 독수리 **탄**이 죄다 먹어치우기 전에 고기를 운 좋게 찾아낼 기회를 기다리지 않아도 된다는 말이지?

"말랄, 그 창 어떻게 구했어?"

부키가 물었지.

"대장장이 투그한테 쇳조각 하나만 갖다 주면 돼. 그럼 만들어 줄 거야."

"그러면 쇳조각은 어디서 찾지?"

"저기 핑쿠에서."

말랄 풀로는 창으로 태양이 뜨는 쪽을 가리키며 대답했어.

그렇게 부키는 질흙 언덕과 산이 많은 동쪽으로 제련공들이 버려두고 간 가마를 찾아 길을 떠났지.

가는 길에 부키는 염소 가죽으로 만들어진 자루를 하나 주웠어. 자루 안에는 사실 말린 고기가 들어 있었는데, 아마 누가 잃어버렸거나 염소와 양 떼를 건너편 산으로 몰던 무어인 목동이나 노예가 급히 서두르다가 두고 간 것일 게야. 하지만 입구가 솜으로 틀어 막혀 있어서 부키는 자루에 뭐가 들었는지 짐작조차 못 했지.

마침내 부키는 머나먼 동쪽에서 오래전에 식어 버린 낡은 가마를 발견했어. 땅을 파고 뒤져서 쇳조각 하나를 기어이 찾아낸 부키는 다시 왔던 길을 되돌아가기로 했지.

그런데 처음엔 약하게 그리고 점점 강하게 말린 고기 냄새가 콧구멍을 자극했어. 부키는 하늘을 향해 자꾸만 코를 들더니 오른쪽으로 킁킁 왼쪽으로 킁킁 거리며 냄새를 맡았지. 냄새는 끈질기게 사방에서 풍겼어. 부키는 자루랑 쇳조각을 내려놓고 여기저기 뛰어다니며 사방을 샅샅이 뒤지다가 다시 원래 있던 곳으로 되돌아오기도 했지만, 고기는커녕 뼈다귀도 못 찾은 채 다시 짐을 챙겨

야 했지.

마침내 부키는 투그네 대장간에 도착했어.

"자, 이 쇳조각으로 말랄 풀로 것만큼 근사한 창을 만들어 줘."

"그럼 대가로 뭘 줄 건데?" 대장장이 투그가 물었어.

"네 바지는 성한 곳보다 해진 곳이 더 많구나. 마침 솜이 가득 든 자루가 있으니, 옷감 짜는 **라브**한테 가져가서 고쳐 달라고 해."

"좋아. 그럼 불을 키우게 풀무질 좀 해 줘."

두 풀무 사이에 자리를 잡은 부키가 풀무자루 두 개를 번갈아 부풀렸다 오므리면서 입에서 나오는 대로 노래를 흥얼거렸어. 솔직히 노래는 아주 단조롭기 짝이 없었지. 부키는 왼쪽 오른쪽 풀무를 번갈아 누르며 계속 이렇게 노래했어.

"니 케주 말랄Ni khédj-ou Malal! 니 케주 말랄!"

(말랄 창처럼! 말랄 창처럼!)

투그는 그보다 훨씬 센 박자로 쇳조각을 벼려서 부키에게 줄 창을 만들었지.

"자, 여기 네 창이야. 이제 솜을 보여 줘. 얼마나 하얗고 좋은지 보게."

부키는 투그에게 자루를 건네줬지. 그런데 솜뭉치를 잡아 뺀 투그가 자루에서 꺼낸 건 말린 고기였어.

허리가 휘도록 짓누르던 짐에서 몇 날 며칠을 사방팔방 찾아다니던 고기가 나오자 부키는 이렇게 말했지.

"투그, 고기 도로 집어넣어 봐. 너한테 할 말이 있어."

고기를 다시 염소 가죽 자루에 넣자, 부키는 자루를 자기 옆에 두고는 투그에게 창을 돌려주면서 이렇게 말했어.

"이건 내가 바라던 창이 아니야."

"어떤 걸 원했는데?"

"네가 그걸 만들 줄이나 알까? 내가 설명해 줄 테니 잘 들어 봐."

"그래, 대체 어떻게 하라는 건데?"

"난 창이 일곱 자하고 세 치 정도 되었으면 하는데…."

"그래!"

"잠깐만! 그리고 손바닥만 하기도 해야 돼. 또 아주 예리하게 만들어서 창에게 신호만 줘도 상처를 낼 수 있게 해 줘. 왜냐면 난 주변에 적이 아주 많거든. 하지만 창에 잘 베이지 않도록 무디게도 만들어야 해. 우리 집 애들이 하도 개구쟁이라 놀다가 날카로운 칼날에 베일 수도 있잖아."

이 말에 투그는 이렇게 말했지.

"참나, 못 해 먹겠네. 뭐야! 길고도 짧은 창을 만들라고? 게다가 예리하면서 무디게 하라고 하질 않나. 차라리 신께 낮과 밤을 동시에 오게 해 달라고 하지 그래? 네 부탁은 도저히 못 들어주겠어."

"그럼 네가 제대로 못 만들겠다고 하니, 내 짐은 도로 가져가야겠어."

그렇게 부키는 말린 고기를 가지고 갔지.

그때부터 까탈스럽거나 심보가 못된 사람(둘 다 마찬가지지만)에게 하이에나의 창은 아예 바라지도 말라고 하게 된 것이라네.

12
하이에나의 심부름

절구통 아래 혼자 있는 암탉은 한 발로만 땅바닥을 긁는다.
낟알을 고를 시간이 충분하다고 생각하기 때문이다.

물론 음바단 마을에 여자가 펜다 혼자만 있는 건 아니
었어. 하지만 펜다가 나타나기만 하면 꽤 예쁘다는 처녀
들까지 모두 못나 보일 정도로 펜다는 마을에서 가장 예
뻤고, 의외로 성격도 전혀 까다롭지 않았지. 펜다의 바
람은 그저 신랑감을 구하는 것이었어. 남편도 없이 열여
섯 살을 넘길까 봐 두려웠거든. 펜다에게 구혼하는 사람
은 많았지. 주변 친구들의 형제와 그들의 아버지, 다른
마을에서 온 청년이나 노인 할 것 없이 많은 사람이 매
일같이 펜다에게 그리오와 디알리를 보내 온갖 선물과

입에 발린 말로 구혼을 했거든.

만일 혼사가 펜다 마음대로 정할 수 있는 일이었다면, 얌전한 순둥이든 까탈스러운 울보든 펜다 등에 진작에 아기 하나쯤은 업혀 있었겠지. 허나 매사가 다 그렇듯 젊은 처녀의 혼사를 결정할 수 있는 사람은 단 한 사람, 아버지뿐이었어. 누구에게 딸을 시집보낼지, 사윗감으로 왕자를 고를지 디울라Dioula족 부자를 고를지 아니면 땡볕 아래 들판에서 땀 흘려 일하는 천민 바돌로를 고를지 결정할 수 있는 사람은 바로 아버지뿐이지. 또 사윗감이 권위 있는 마라부든 그 제자인 탈리베든 자기 딸을 바치겠다고 말할 수 있는 사람도 바로 아버지야.

헌데 펜다의 아버지 모르는 부자가 내는 어마어마한 신붓값도, 바돌로의 초라한 재산도 원치 않았어. 그렇다고 천국에 자기 자리를 좀 넓혀 보자고 마라부나 탈리베에게 딸을 바칠 생각은 더더욱 없었지.

모르는 딸을 달라고 직접 구혼하러 오는 사람이나 주인과 자식과 형제를 대신해서 오는 심부름꾼 모두에게 이렇게 말할 뿐이었어.

"나는 신붓값도 선물도 필요 없네. 다만 황소 한 마리를 잡아 하이에나를 시켜 그 고기를 보내오는 자에게 내 딸을 줄 것이네. 허나 도착했을 때 고기가 한 점이라도 모자라면 안 되네."

아무리 말린 고기라 해도 하이에나에게 고기를 맡기라고? 게다가 손도 못 대게 하라고?

그건 귀가 붉은 무어인 나르가 비밀을 지키게 하는 것보다 더 어렵고, 아이에게 꿀 바가지를 맡기면서 새끼손가락 하나 못 넣게 하는 것보다 더 힘든 일이야. 차라리 아침에 태양을 집에서 못 나오게 만들고 일을 마치고도 자러 가지도 못하게 하는 편이 낫고, 메마른 사막이 오랜 가뭄 끝에 떨어진 첫 빗방울을 삼키지 못하게 하는 편이 나을 거야!

하이에나 부키에게 고기를 맡기라고? 차라리 타오르는 불에 버터 한 덩이를 맡기는 편이 낫지. 부키에게 고기를 맡기면서 손도 못 대게 하라니.

'그건 말도 안 되는 일이야!' 주인을 대신해서 아름다운 펜다에게 구혼하러 온 그리오, 아들 대신 온 어머니, 또 직접 청혼하러 온 노인 모두 집으로 돌아가며 그렇게 생각했어.

음바단 마을에서 하루만 걸어가면 은디우르라는 마을이 나오지.

은디우르 사람들은 절대 평범하지 않았어. 그들은 자기네가 아주 먼 옛날, 월로프족의 시조인 은디아디안 은디아이 때부터 간교한 하이에나를 길들인 유일한 사람이라고 믿어왔고 실제로 하이에나와 아주 사이좋게 지내 왔지. 사실 은디우르 사람들은 예나 지금이나 나름대로 노력을 많이 기울였고, 매주 금요일마다 황소 한 마리를 잡아 하이에나 부키와 그 무리에게 베풀었어.

은디우르 청년 가운데 비란은 밭일뿐만 아니라 씨름에서도 단연 최고였고 제일 잘생기기까지 했어. 비란은 펜다에게 보낸 선물을 도로 가져온 그리오에게서 펜다 아버지가 내건 조건을 전해 듣고 속으로 이렇게 생각했지.

'결국 펜다를 차지할 사람은 나다!'

비란은 황소 한 마리를 잡아 고기를 말려 염소 가죽 자루 속에 넣은 다음, 다시 두꺼운 천 자루 안에 담아서 짚단 한가운데에 끼워 넣었지.

금요일이 되어 은디우르 사람들이 베푼 음식을 맛보러 부키 무리가 오자, 비란은 부키에게 다가가 이렇게 말했어.

"젖먹이보다 멍청하고 소처럼 아둔한 내 그리오가 글쎄 음바단에 사는 모르의 딸 펜다에게 보낸 귀한 선물을 도로 가져오고 말았어. 자네는 현명하기 그지없고 말솜씨 또한 대단하지 않나. 자네가 음바단으로 가서 이 별거 아닌 짚단을 모르의 집에 가져다주고 '비란이 댁의 딸을 달라고 하네!'라고만 해도 모르는 냉큼 허락할 걸세. 내 장담하지."

"난 늙었네, 비란. 그리고 허리도 예전 같지 않아. 하지만 내 큰아들 음바르는 힘이 넘치고 내 현명함도 좀 물려받았다네. 날 대신해서 그 애를 음바단에 보내도록 하지. 음바르는 분명 맡은 일을 훌륭히 해낼 걸세."

그리하여 음바르는 아침 일찍 허리에 짚단을 메고 길을 나섰지.

이슬이 짚단에 촉촉이 스며들자 먹음직스러운 고기 냄새가 공기 중에 퍼지기 시작했어. 음바르는 일단 멈춰 주둥이를 들고 오른쪽으로 킁킁, 왼쪽으로 킁킁거리다가 다시 걸어 나갔지만 걸음은 전보다 더 느려진 것 같았어. 고기 냄새가 더 심해지자 음바르는 다시 멈춰 서서 입술을 발랑 젖히고 오른쪽, 왼쪽, 위쪽으로 코를 벌룩거리다가 뒤돌아서서 또 사방으로 코를 킁킁댔어.

음바르는 다시 길을 떠났지만 금세 머뭇거렸지. 사방에서 풍겨 오는 더 강하고 지독해진 고기 냄새가 매 순간 그의 발길을 붙잡는 것 같았거든.

참다못한 음바르는 은디우르에서 음바단으로 곧장 가는 길에서 벗어나 드넓은 사바나를 뒤지며 멀리 길을 돌아갔지. 음바르는 오른쪽을 뒤지다 왼쪽을 뒤지다 다시 제자리로 돌아오면서, 하루면 충분히 갈 수 있는 음바단 마을에 장장 사흘이나 걸려 도착했어.

모르의 집으로 들어설 때 당연히 음바르의 기분은 별로였어. 음바르의 표정도 중요한 허락을 구하러 온 심부름꾼답지 않게 조금도 싹싹하지 않았지. 헌데 덤불숲을 지날 때 풀과 관목마다 스며 나왔던 냄새가 음바단 마을의 집들과 모르의 마당에서 또다시 진동하는 거야. 이 냄새 때문에 음바르는 아버지 부키가 항상 일러주던 지혜의 말을 오는 길에 몽땅 잊어버렸거든. 그래서 부탁을 하러 온 자라면 응당 해야 할 예의 바른 말이 목구멍에 걸려 나오지 않았지. 입도 제대로 벌리지 않고 겨우 '앗살라무 알레이쿰'이라 내뱉으니 아무도 음바르의 인사를 듣지 못했어. 음바르는 허리를 짓누르던 짚단을 내던지면서 훨씬 더 퉁명스러운 목소리로 모르에게 말했지.

"은디우르 마을의 비란이 당신 딸을 달라고 이 짚단을 보냅디다."

모르는 덩굴 끈을 끊고 짚단을 풀어 두꺼운 천 자루를 꺼내, 그 속에 있던 염소 가죽 자루에서 말린 고깃덩어리를 꺼냈어.

음바르의 눈은 처음엔 놀라움으로 다음엔 분노로 가득 차더니 끝내 탐욕스럽게 변했어. 사흘 동안 추호의 의심도 없이 들고 온 것이 지금 눈 앞에 펼쳐진 고기였다니. 그러나 이제는 만질 엄두조차 낼 수 없었지. 음바단 사람들은 하이에나에게 친절한 은디우르 사람들과 달랐고 마을 도처에 창을 널어 놓았거든. 음바르는 격분한 나머지 그 자리에 쓰러질 지경이었어.

모르는 음바르에게 이렇게 말했어.

"가서 비란에게 내 딸을 주겠다고 전해라. 은디우르의 청년 중에서 비란이 가장 용맹하고 강할 뿐 아니라 가장 영리하다고 말이다.

그는 하이에나인 네게 고기를 맡길 수 있었지. 그러니 자기 여자를 지키고 어떤 술수에도 넘어가지 않는 법을 알 게다."

모르는 음바르에게 심부름을 맡겼던 비란을 입에 침이 마르도록 칭찬했지만, 음바르는 제대로 듣지도 않고 벌써 집 밖으로 나가 마을을 벗어나고 있었어. 구불구불 돌아왔던 긴 여정에서 얼핏 보았던 수많은 짚단이 생각났거든.

아닌 게 아니라 음바단 마을을 벗어나 맨 처음 나온 밭에서부터 짚단이 보였어. 음바르는 짚단마다 묶인 끈을 잘라 속을 뒤지고 흩뜨려 보았지만, 눈 씻고 찾아봐도 동물의 살점이나 뼈 같은 것은 없었지. 오른쪽으로 달리고 왼쪽으로 달리고 뒤져보고 훑어보며 밭에 있는 짚단을 샅샅이 살펴보느라 은디우르 마을로 돌아가는 데 또 사흘이 걸리고 말았지.

땀에 젖어 헐떡이며 돌아온 음바르를 보더니 비란이 물었어.

"어째서 내가 시킨 심부름은 하지 않은 거냐, 음바르? 음바단까지 갔다 오는 데 이틀도 안 걸리는데 도대체 엿새 동안 뭘 한 거야?"

그러자 음바르가 무뚝뚝하게 대답했지.

"내가 길에서 뭘 했든 무슨 상관이야? 네가 기뻐할 만한 대답만 들으면 되는 거 아냐? 모르가 너한테 딸을 준대!"

분명 비란은 아낌없이 보상을 해 줄 텐데 음바르는 기다리지도 않고 다른 짚단을 뒤지러 떠나 버리고 말았어.

그리고 바로 그때부터 하이에나는 누구의 심부름도 하지 않게 되었다네.

선행의 대가

　뜨거운 태양 아래서 온종일 자고 일어난 악어 디아시그가 늘어진 뱃가죽을 모래밭에 스치며 늪으로 돌아가던 때였어. 물을 긷고 설거지와 빨래를 하러 오는 여자들의 목소리가 들려왔어. 정말이지 손이 아닌 입으로 일을 해치우는 것처럼 끝없이 수다를 떨었지. 여자들이 한탄하며 하는 말로는 왕 부르가 애지중지하던 딸이 물에 빠져 죽었는데, 딸의 시신을 찾으려고 새벽에 늪에 있는 물을 모두 빼 버릴 수도 있다는 거야. 아니, 한 시녀의 말로는 확실하다고 했지. 마을 근처 늪기슭에 있는 집으로 돌아가려던 디아시그는 그 말을 듣고 발길을 돌려 컴컴한 밤중에 육지로 멀리 떠나 버렸어. 이튿날 정말 사람들은 늪의 물을 다 뺐을 뿐만 아니라 그곳에 살던 악어들까지 모조리 죽여 버렸어. 그리고 가장 늙은 악어의 굴에서 공주의 시신이 발견되었지.

한낮에 땔감을 주우러 온 아이 **고네**가 덤불숲에서 디아시그와 마주쳤어.

"여기서 뭐 하는 거야, 디아시그?"

고네가 물어보니 디아시그가 대답했어.

"길을 잃었어. 고네, 우리 집으로 날 좀 데려다줄래?"

"늪은 이제 없어."

고네가 이렇게 말하자 디아시그가 부탁했어.

"그럼 강으로 데려다줘."

고네가 어디서 거적과 칡덩굴을 가져와 디아시그의 몸을 거적으로 둘둘 말아 칡덩굴로 묶은 다음에 머리에 이고 걸었는데, 저녁때가 되어서야 겨우 강에 다다를 수 있었어. 물가에 도착한 고네는 디아시그를 내려놓고 덩굴을 잘라 거적을 풀었지. 그러자 디아시그가 고네에게 말했어.

"고네, 먼 길을 오는 동안 묶여 있었더니 다리가 다 굳어 버렸어. 날 좀 물에 놓아 줄래?"

고네가 강물에 무릎이 잠길 때까지 걸어 들어가 디아시그를 내려놓으려 하자, 디아시그는 또 부탁을 했지.

"고네, 허리가 물에 잠기는 곳까지 가 줘. 여기선 헤엄치기가 힘들어."

고네는 디아시그가 해달라는 대로 물이 허리에 닿는 곳까지 걸어 들어갔어.

"가슴 닿는 곳까지 좀 더 가 주면 안 될까?"

디아시그가 간절히 부탁하자, 고네는 물이 가슴에 닿는 곳까지 들어갔어.

"이제 어깨가 잠기는 곳까지 가 줘."

고네가 어깨가 강물에 잠기는 곳까지 들어가니까 디아시그가 말했어.

"이제 날 놓아줘."

고네는 디아시그의 말대로 해 주고 물밖으로 나가려고 몸을 돌렸지. 그런데 바로 그때 디아시그가 고네의 팔을 잡아채는 거야.

"우이 야요Wouye yayo(엄마야)! 이게 뭐 하는 짓이야! 이거 놔!"

고네가 소리쳤어.

"못 놔줘, 고네! 난 몹시 배가 고프거든!"

"이거 놓으라고!"

"못 놔줘. 이틀 내내 굶었더니 배고파 죽을 지경이야."

"잠깐만, 디아시그. 은혜를 원수로 갚는다는 게 말이 되니?"

"은혜는 원래 원수로 갚는 거지, 은혜로 갚는 게 아니야."

"지금 내 목숨이 네 손에 달려 있다 해도 그건 아니지. 그렇게 말하는 건 세상에 너 하나뿐일 걸."

"오, 그렇단 말이지?"

"물론이지. 그럼 우리 남들한테 물어보자, 뭐라고 하나!"

"좋아! 하지만 내 말에 찬성하는 자가 셋이면 널 잡아먹을 테다. 두고 봐!"

디아시그는 고네의 제안을 받아들였어.

디아시그가 이렇게 으름장을 놓자마자 늙어빠진 암소 한 마리가 강가에 목을 축이러 왔지. 암소 **나그**가 물을 다 마시자 디아시그는 나그를 불러 물었어.

"나그, 자넨 나이도 지긋하고 지혜로우니 은혜는 은혜로 갚는지 원수로 갚는지 말해 줄 수 있겠지?"

"은혜는 원수로 갚는 거지."

암소 나그가 계속 말했어.

"암, 그렇고말고. 내가 젊고 힘도 세고 기운 넘치던

시절엔, 풀을 뜯고 돌아오면 사람들이 내게 밀기울과 소금 한 덩이를 주었어. 또 좁쌀도 주며 나를 깨끗이 씻기고 닦아 주었지. 어린 목동 풀로가 나한테 작대기라도 드는 날엔, 도리어 풀로가 주인한테 매를 맞았지. 그땐 우유도 많이 나왔고, 지금 주인이 가진 암소와 황소들은 전부 내 핏줄이야. 하지만 이젠 다 늙어서 우유도 안 나오고 송아지도 못 낳지. 그러니 사람들은 나를 잘 돌봐 주지도 않고 풀밭에 데려가지도 않아. 아침 댓바람부터 작대기로 한 대 세게 얻어맞고 울타리 밖으로 쫓겨나면 난 혼자서 먹을 걸 찾으러 다녀야 해. 이러니 내가 은혜는 원수로 갚는다고 한 거야."

"고네, 들었지?"

디아시그가 묻자, 고네가 대답했어.

"그래, 잘 들었어."

야위어서 뼈가 칼날처럼 드러난 엉덩이와 진드기에게 뜯긴 노쇠한 꼬리를 흔들면서 나그는 드문드문 풀이 난 덤불숲으로 떠났지.

이번엔 늙고 여윈 말 **파스**가 나타났어. 파스가 물을 마시려고 덜덜 떨리는 입술을 강물에 담그려던 찰나, 디아시그가 말을 걸었지.

"파스, 자네는 나이도 지긋하고 매우 현명하니, 은혜는 은혜로 갚는지 원수로 갚는지 나와 이 아이에게 말해 줄 수 있겠지?"

"그야 물론이지."

늙은 말이 자신 있게 말했어.

"은혜는 언제나 원수로만 갚는 법이야. 내 경험을 말해 줄 테니 둘 다 잘 들어보라고. 내가 젊고 힘도 세고 기운 넘치던 시절엔 나한테 마부가 셋이나 딸려 있었어. 마부들은 아침저녁으로 내 여물통에 좁쌀을 가득 채웠고, 죽에 꿀도 자주 섞어 주었지. 그리고 아침마다 나를 목욕시키고 닦아 주었어. 난 무어인 구두공이 만들고 무어인 보석공이 장식한 굴레와 안장을 차고 다녔지. 난 전쟁터를 숱하게 다녔고 내 엉덩이로 실어나른 포로가 오백 명이나 됐어. 주인과 함께 전쟁터에서 뺏은 물건을 실어 나른 게 장장 9년이나 된다고. 그런데 이제 다 늙어빠진 나에게 사람들이 해 주는 거라곤, 동틀 때부터 발에 족쇄를 채우고 작대기로 한 대 치고서 알아서 먹이를 찾아 먹으라고 덤불로 날 내보내는 것뿐이야."

파스는 이렇게 말하더니 강물에서 거품을 걷어내고 한동안 물을 마셨어. 그러고는 족쇄가 채워져 불편한 다리를 부딪치고 절뚝거리며 그곳을 떠났어.

"그네, 들었지? 배가 너무 고프니 이제 널 먹어야겠다."

디아시그가 말했어.

"아니지, 잠깐만. 아저씨 입으로 말했잖아, 셋은 물어보겠다고. 만약 다음에도 아까 만난 둘과 같은 대답이 나오면 나를 잡아먹어도 돼. 하지만 그 전엔 안 돼."

"알겠어."

디아시그는 그 말을 들어주기로 했지.

"또 물어 봤자 크게 달라질 것도 없겠지만."

그때, 엉덩이를 폴짝이며 황급히 지나려던 토끼 루크를 디아시그가 불러 세웠어.

"루크 아저씬 나이가 제일 많으니 우리 중 누구 말이 맞는지 알려줄 수 있겠지? 난 은혜는 원수로 갚는 거라고 말하는데 이 아이는 은혜는 은혜로 갚아야 한다지 뭐야."

루크는 턱을 문지르고 귀를 긁더니 오히려 되물었어.

"디아시그, 이 친구야, 자네들은 솜이 하얀지, 까마귀가 검은지를 맹인한테 물어보겠나?"

"물론 그러지 않지."

디아시그가 순순히 말했어.

"그럼 자네는 누구 집 자식인지도 모르는 아이가 어디로 가는지 말할 수 있겠나?"

"당연히 말할 수 없지!"

"그럼 무슨 일이 있었는지 내게 설명해 보게. 그래야 자네 질문에 제대로 대답할 수 있지 않겠나."

"좋아! 잘 들어봐, 루크 아저씨. 그러니까 이 아이는 저기 육지 안쪽에서부터 나를 거적에 말아서 여기까지 옮겨줬어. 헌데 난 지금 배가 고파서 뭐라도 먹지 않으면 딱 죽게 생겼는데, 구할 수 있을지 없을지도 모르는 먹이를 찾겠다고 이 아이를 놔준다면 그건 어리석은 짓 아니겠나?"

"그렇고말고. 헌데 입이 말을 이상하게 하더라도 귀는 잘 가려들어야 하는 법이지. 다행히도 내 귀는 항상 잘 가려듣는다네. 신께 감사하게도 말이야. 디아시그 이 친구야, 자네가 한 말 중에 이상한 부분이 한 군데 있는 것 같은데."

루크가 말하자, 디아시그가 의아해하며 물어보았어.

"어디가 이상한데?"

"이 꼬마애가 널 이곳까지 거적으로 옮겨 왔다는 말,

난 믿을 수가 없어."

"하지만 그건 사실이야."

고네가 말했어.

"너도 인간 아니랄까 봐 잘도 거짓말을 하는군."

루크가 의심하자, 디아시그도 고네의 말을 거들었어.

"고네가 한 말은 사실이야."

"내 두 눈으로 봐야만 그 말을 믿을 수 있겠어. 잠깐 둘 다 물에서 나와 봐."

고네와 디아시그는 물에서 나왔지.

"네가 이렇게 큰 악어를 거적으로 옮겼다는 거야? 어떻게 했는데?"

"악어를 거적에 말아 넣고 덩굴로 묶었지."

"그렇군. 그럼 한번 해 봐."

디아시그가 거적에 털썩 주저앉자 고네가 디아시그를 둘둘 말았어.

"그리고 네가 덩굴로 묶었다고?"

"응!"

"그럼 묶어 봐!"

고네는 디아시그가 든 거적을 덩굴로 꽁꽁 묶었어.

"그리고 네 머리 위에 그걸 얹었다고?"

"응, 내 머리에 얹었지."

"과연, 얹을 수 있는지 어디 한번 보자."

고네가 디아시그가 든 거적을 들어올려 머리 위에 얹자, 루크가 또 물었지.

"고네, 너희 가족은 대장장이니?"

"아니!"

"그럼 디아시그가 네 혈족은 아니겠구나? 너희 토템[1]이 아니란 말이지?"

"전혀 아니지!"

"그럼, 짐을 진 채로 곧장 집으로 가. 그러면 너희 부모님과 친척들, 이웃들까지 너한테 고맙다고 할 거야. 다 같이 나눠 먹을 수 있으니 말이지. 은혜를 모르는 자에겐 이런 식으로 갚아 줘야 하는 법이야."

토끼의 간계

　족제비, 쥐, 사향고양이, 땅다람쥐같이 땅을 파는 긴 주둥이 동물은 그날 이른 아침부터 토끼 루크가 차례차례 자기네 집을 방문하는 바람에 적잖이 놀랐지. 이 조그마한 길쭉 귀 토끼는 가는 집마다 뭔가 속닥이고는 다음 집을 향해 재빨리 멀어져 갔어.

　태양이 뜨겁게 내리쬐자, 루크는 엉덩이를 들썩이며 자기가 사는 덤불숲 안에 있는 시원한 그늘로 가서 해가 떨어지기만을 기다렸어.

　밤이 되자 긴 주둥이 동물들은 빽빽이 줄지어 사람들이 사는 마을로 다가갔어. 그런데 이곳은 그 동물들의 조상이 닭 날갯죽지나 좁쌀 몇 톨 같은 시답지 않은 것을 훔치려다 여럿 죽어 나간 곳이었지. 사실 이 마을 아이들은 원숭이 골로만큼 날쌔고 암사슴 **음빌**처럼 날렵할 뿐만 아니라 예전부터 마호가니 몽둥이와 기다란 창을 다루는 데 능숙했지.

어쨌든 사향고양이와 족제비, 쥐, 땅다람쥐 무리는 좁쌀밭과 땅콩밭을 지나서 은디움 마을로 다가갔어. 루크가 장담했던 온갖 먹을 것을 훔칠 생각에 눈이 먼 나머지 그들 아버지의 아버지들이 죽어 나간 기억 따윈 새카맣게 잊어버렸던 거지. 루크 말로는 왕 부르가 마을 한가운데 '문 없는 집'을 한 채 지어놓고 그 안에 좁쌀과 암탉, 땅콩, 카사바와 꿀을 잔뜩 쌓아두었다는 거야.

루크는 땅 파는 동물들에게 이런 얘기를 해 주면서도 반 이상이 거짓말이라는 것을, 아니 정확히 말하면 작은 사실 하나를 빠뜨렸다는 걸 잘 알고 있었어. 그 집 안에는 먹을 것 말고도 다른 게 있다는 걸 루크는 알고 있었지만 절대 입 밖에 내지 않았지. 그건 앵무새 쪼이가 알려준 건데, 쪼이는 우연히 왕과 원로들이 모여 '문 없는 집'을 짓기 위해 회의하는 장면을 본 거야. 그들은 마을 한가운데에 문이 하나도 없는 집을 한 채 짓는데, 칠백 평 가까이 되는 땅에 있는 주변의 집은 모조리 허물고 '문 없는 집'을 타파트 담 일곱 겹으로 둘러싸기로 했어.

그러니까 집과 담장을 허물지 않는 이상 '문 없는 집'에 들어가려면, 마을 언저리에서 중심부까지 땅을 파는 수밖에 없었지.

어릴 적부터 응석받이로 자라 제멋대로인 왕 부르는 막내딸 안타를 이 '문 없는 집'에 가두기로 했지. 남자와 한 번도 정을 통한 적 없는 여자가 아이를 가질 수 있는지 알아보려 한댔어.

왕의 명령을 들은 쪼이는 마을의 정자나무[1]에서 날아오르자마자 마침 루크를 만났고, 단순히 재미삼아 별생각 없이 그 내용을 전해 주었어. 그러나 자기 부모조차 평생 한 번도 공경한 적이 없던 버릇없는 루크는 왕을 골탕 먹이고 싶은 마음에 긴 주둥이 동물을 속여 이용하기로 한 거야.

쥐와 땅다람쥐, 사향고양이, 족제비 무리는 밤새도록 땅을 판 끝에 '문 없는 집'에 다다를 수 있었지만, 토끼가 약속했던 먹을 것을 지키는 어떤 아가씨가 보이자 모조리 달아나 버렸지. 자기네 조상에게 닥쳤던 불행한 기억이 불현듯 되살아났고, 은디움 마을에선 여자아이도 남자아이 못지않게 몽둥이와 창을 잘 다룬다는 사실도 마침 떠올랐거든. 그들은 토끼에게 복수할 것을 서로 약속하며 모두 덤불숲으로 돌아갔어. 토끼는 땅굴 입구에서 멀지 않은 곳에 숨어 그들이 도망가는 것을 지켜봤고, 긴 주둥이 동물들이 모두 사라지자 그들이 파 놓은 땅굴로 들어가 안타를 만났지.

루크가 안타에게 말했어.

"네 아버지 부르는 자기가 세상에서 제일 잘난 줄 알지만, 내가 부르에게 한 수 가르쳐 줄까 해. 부르는 네가 남편을 얻지 못하게 할 수 있다고 생각했으니 말이야. 그런데 난 어때?"

"네가 누군데? 이름이 뭐야?"

안타가 물었지.

"내 이름은 마나Mana야(나야). 나를 남편으로 삼을래?"

"좋아!"

안타가 대답했지.

루크는 매일같이 땅굴을 통해 안타를 찾아가 옆에 머물렀어. 그러던 어느 날, 안타는 임신을 했고 아홉 달 후에 남자아이를 낳았지.

그렇게 삼 년이 흘렀고, 꾸준하진 않아도 루크는 가끔 가족을 보러 가서 아이와 놀아주곤 했지.

어느 날 왕의 신하인 무어인 나르가 아침 일찍 코란

구절을 암송하며 산책하고 있었는데, 일곱 겹으로 된 타파트 담 근처에서 아이가 떠드는 소리가 들리는 것 같았어. 그는 가죽신이 벗겨지도록 황급히 왕에게 달려갔지.

"부르, 빌라히! 왈라히! (정말로! 맹세코!) 문 없는 집에서 떠들썩한 소리를 들은 것 같습니다."

궁에서 보낸 노예는 일곱 겹의 타파트 담을 넘어가서 문 없는 집에 귀를 대고 소리를 들어봤어.

"아이가 떠드는 소리였습니다."

그가 돌아와서 말했어.

그러자 왕이 화를 내며 말했지.

"이 못된 놈을 죽여라. 그리고 시체는 독수리에게 던

져버려라."

노예는 결국 죽음을 면치 못했어.

다른 노예도 다녀와서 시끄럽게 떠드는 소리가 아이 소리라고 했지.

"이 무례한 놈도 죽여라."

왕이 명령하자 두 번째 노예도 죽게 되었지. 그 뒤로도 세 명을 더 보냈지만 그들도 마찬가지로 아이 소리를 들었다고 했어.

"그런 말도 안 되는 일이 있나! 누가 그렇게 꽉꽉 막힌 집에 들어갈 수 있겠느냐?"

왕은 이렇게 말하며 일곱 겹의 타파트 담을 가로지르는 통로를 만들게 한 뒤, 원로 한 명을 보냈어. 원로가 돌아와 말했지.

"맞습니다. 떠드는 소리가 들렸습니다. 하지만 안타가 내는 소리인지 어린아이가 내는 소리인지 구분하기는 힘들었습니다."

그러자 왕이 명령을 내렸어.

"집을 허물어라. 그럼 알 수 있겠지."

집을 허물자, 안타와 아들이 나왔지.

"누가 네게 이 아이를 갖게 하였느냐?"

왕이 묻자 안타가 대답했지.

"마나(나예요)."

"어떻게 너라는 거냐? 그리고 너, 네 아버지는 누구냐?"

"마나(나예요)."

사내아이가 대답했지.

이제 아버지이자 할아버지가 되어 버린 왕은 이 모든 일이 대체 어찌 된 영문인지 도통 이해할 수 없었지. 자기 딸이 혼자서 아이를 가졌다니! 게다가 이 아이는 자기 자신이 자기의 아버지라고 하는 게 아니겠어!

왕이 말했지.

"가장 노련한 원로들을 회의에 소집해라. 그리고 이 나라에 살며 걸어 다니는 자들은 모두 모이게 하라."

금요일에 동물과 인간이 한자리에 모이자, 왕은 안타의 아들에게 콜라나무 열매 세 개를 주며 말했어.

"네 아버지에게 이 열매를 주고 오너라."

아이는 사람들과 동물들의 얼굴을 빤히 쳐다보다 주춤주춤 멈춰 섰다가 다시 걸어 나아갔지. 아이가 루크 쪽으로 다가가자 루크는 자기 몸을 심하게 긁더니, 팔짝팔짝 뛰며 투덜대기 시작했지.

"여기 개미랑 흰개미가 너무 많잖아."

그러면서 자리를 옮겼어. 아이는 계속해서 그를 찾았지.

"이럴 수가! 사방이 개미 천지구먼!"

아이가 다가오는 것을 본 루크는 이렇게 말하고 껑충껑충 뛰더니 자기보다 큰 덩치 뒤로 가서 숨어버렸어.

한 궁정 원로가 루크의 꿍꿍이를 알아차리고 이렇게 말했지.

"루크가 개미니 흰개미니 불평을 하면서 쉴 새 없이 자리를 바꾸는데 도대체 왜 그러는 걸까요?"

그러자 왕이 명령했어.

"루크를 한자리에 가만히 있게 하라."

그래서 사람들은 거적 세 장을 깔고 그 위에 파뉴 일곱 장과 양가죽 한 장을 쌓아 올렸지.

"이리 오게, 루크 형제. 이제 개미나 흰개미 걱정은 할 필요가 없다네."

그리오가 말했지.

자기를 위해 푹신푹신하게 깔아놓은 자리에 꼼짝없이 앉아 더는 자리를 옮길 수도 숨을 수도 아이를 피해 갈 수도 없던 길쭉 귀 루크는 결국 아이한테 콜라 열매 세

개를 건네받고야 말았지.

화가 가시지 않은 왕이 말했어.

"아니, 네놈이냐? 마나(나예요)라고 불리는 자가 너란 말이지? 내 딸이 있는 곳까지 어떻게 들어간 것이냐?"

"족제비, 담비, 땅다람쥐, 사향고양이 무리와 그들의 형제와 사촌이 내게 땅굴을 파주었습죠."

"그랬단 말이지! 넌 이제 죽은 목숨이다. 모두 물러가라." 왕이 말했어. 사람과 동물들은 성난 왕이 무서워 벌벌 떨었지. "모두 물러가라! 루크 네놈을 죽이겠다!"

그러자 루크가 대꾸했어.

"부르, 어떻게 당신 손자의 아비를 죽이겠단 말입니까!"

"그럼 널 살려주면 대신 내게 무엇을 내놓겠느냐?"

"뭐든 분부대로 합죠, 부르."

"그럼, 여섯 달이 지나기 전에 표범 가죽 하나와 코끼리 상아 두 개, 사자 가죽 하나, 수염 도깨비 쿠스의 머리털을 내게 가져와라."

왕이 명령했어.

"과연 루크는 어찌할 것인고?"

궁정 원로들은 궁금해했지.

루크는 엉덩이를 들썩이면서 필족 여인의 샌들처럼 생긴 긴 귀를 착착 흔들어 대며 떠났어.

강가로 간 루크는 그곳에 있던 표범 세그를 보고 이렇게 물어봤어.

"형씨, 왜 그렇게 더러운 가죽에 얼룩을 잔뜩 묻힌 채로 다니는 건가? 왜 강에 들어가서 씻지 않고?"

"그건 내가 헤엄을 잘 칠 수 있는지 몰라서 그렇지."

"그럼, 가죽을 벗어보게. 내가 깨끗이 닦아줄 테니 그동안 형씨는 감기 들지 않게 이 굴속에 들어가 있게나."

세그가 가죽을 벗고 굴속에 들어가 있는 동안, 물가에 있던 루크는 가죽을 물에 적시고 가죽 안쪽에 고춧가루를 바른 다음 표범에게 가서 말했어.

"이보게, 형씨! 어서 가죽을 다시 입게. 비가 오려는 모양이야."

아닌 게 아니라 금방이라도 비가 올 것 같았지. 다시 가죽을 입으려던 표범 세그는 왼쪽 뒷발만 넣었다가 후다닥 다시 뺐어. 마치 활활 타는 불길 속으로 발을 집어넣은 것처럼 발이 화끈거렸거든.

"루크, 루크! 뜨거워! 가죽에 몸이 탈 것 같아!"

"강물 탓일 거야. 윗마을 강가에서는 담배만 잔뜩 심

어났거든. 일단 가죽을 밖에 놔두게. 그러면 빗물에 씻길 걸세."

표범이 굴에 다시 돌아가는 동안 루크는 재빨리 덤불 숲에 가죽을 감추었어. 그러고서는 표범에게 가서 시치미를 떼고 물었어.

"이보게, 세그, 벌써 가죽을 가져갔나?"

"당연히 아니지."

표범이 대답했지.

"가죽이 없어졌어. 비가 너무 많이 와서 강에 쓸려간 게 틀림없네그려."

루크는 그렇게 둘러대고는 달아나 버렸지.

어느 이른 아침, 루크가 물가에 자리 잡고 있었는데, 코끼리 녜이와 그 무리가 아직도 잠이 덜 깬 채 무거운 발걸음으로 물을 마시러 다가오고 있었어.

루크는 안타까운 듯 그들에게 말했지.

"신께서 오늘은 늪의 물을 마시지 말라고 하셨다네."

"그럼 어쩌지? 나이 지긋한 자네가 좀 알려 주게, 루크."

긴 코에 눈이 작은 늙은 코끼리가 물었지.

"신께 자비를 구하러 올라가 보세. 어쩌면 마음이 누

그러지실지 모르지."

"신이 계신 곳까지 가려면 어떡해야 하나?"

그러자 루크는 저만치서 다리를 절뚝거리며 다가오는 두꺼비 음보트와 주둥이 끝을 치켜든 엄마 거북이 **음보나트**를 불렀어. 루크는 끈적거리는 두꺼비 등 위에 엄마 거북이를 뒤집어 눕혀 놓았어. 그리고 그 위로 가장 어린 코끼리를 올라가게 했지. 그 위에 다음으로 나이 많은 코끼리를, 그 위로 또 그다음 나이 많은 코끼리를 순서대로 계속···. 제일 늙은 우두머리 코끼리까지 올라가 하늘에 닿을 듯하자, 루크는 발로 툭! 하고 밑에 깔려 있던 거북이를 차 버렸어. 그러자 쿵! 쿵! 하고 발이며 나팔 코며 상아며 모두 뒤엉킨 채로 코끼리들이 우르르 떨어졌지. 코끼리들은 부러진 상아를 주우려고 정신없이 움직였어.

"그런 일에 시간을 허비하지 말게. 상아는 이따가 줍고 신께서 자네들이 물을 마실 수 있도록 허락했으니 어서 가서 물이나 마시도록 하게나."

코끼리들은 앞다투어 몸에 물을 끼얹고 실컷 물을 마셨지. 그런데 돌아와 보니 예쁜 상아 두 개가 모자란 거야.

상아를 찾는 코끼리에게 루크가 말했지.

"찾지 말게나, 자비를 베푸신 대가로 신께서 가져가 신 것이니."

정오쯤, 루크는 타마린드나무 그늘에서 수염 도깨비 쿠스를 발견했지. 쿠스는 자기 키의 두 배나 되는 큰 방 망이와 원하는 건 뭐든 들어주는 요술 바가지 **쿨**을 옆에 두고 쉬고 있었어.

"쿠스 형씨, 머리랑 수염은 왜 그렇게 기르는 건가? 너무 흉해 보이잖나!"

루크가 묻자 수염 도깨비 쿠스가 대답했지.

"난 면도도 할 줄 모르고 칼도 없거든."

"나한테 아주 잘 드는 칼이 있네. 형씨만 괜찮으면 내 가 깎아주지."

이렇게 말한 루크는 면도를 끝내고 말했지.

"가는 길에 내가 버릴 테니 계속 쉬게나. 햇볕이 너무 뜨겁네그려."

루크는 쿠스의 수염과 머리털을 주머니에 담고 엉덩 이를 들썩이며 깡충깡충 떠나버렸어.

강기슭에 있던 사자 가인데는 강 건너에서 놀고 있는 암사슴과 영양과 코브[2]를 분노와 부러움이 섞인 눈으로 바라보고 있었지. 그들은 마치 사자를 비웃듯이 풀을 뜯

고, 폴짝폴짝 뛰고, 데굴데굴 구르며 까불어 댔어. 불쑥
나타난 루크가 사자에게 물었지.

"형씨, 저것들을 잡아서 혼 좀 내줄 수 없겠나? 저렇
게 버릇없는 놈들은 혼나도 싼데 말이야."

"난 가죽이 젖는 건 질색이거든."

"그럼 벗으면 되지, 가죽은 내가 여기서 지키고 있겠
네. 사냥한 다음에 다시 찾으러 오게."

사자는 가죽을 벗고 건너편 강가로 헤엄쳐 갔지. 그동
안 루크는 재빨리 가죽을 낚아채 숨기러 갔어. 루크는
다시 돌아와 사자가 가죽을 놓고 간 자리에 물을 뿌려
놓았어. 그리고 흠뻑 젖은 엉덩이로 강까지 물자국을 길
게 낸 다음 온 힘을 다해 소리쳤지.

"여보게, 사자 형씨! 빨리 와보게나. 자네 가죽이 강
물에 떠내려갔어."

그리고 나서 루크는 물속으로 뛰어들었지. 사자가 돌
아오자 루크가 말하길,

"물속에 들어가 봤지만 아무것도 안 보였어. 강물이
줄어들 때를 기다려야겠네."

그러고는 엉덩이를 들썩거리며 떠나버렸지.

석 달이 채 지나지도 않았는데 약속한 몸값을 가지고

루크가 왕의 처소에 나타났어.

"아니, 어떻게 해낸 거지?"

궁정 원로들이 궁금해했지.

"어떻게 이걸 다 구해 온 게냐?"

왕이 묻자 루크가 대답했지.

"모두 불러 모아 보시면 아시게 될 겁니다."

그런데 도깨비 쿠스는 왕의 부름에도 오지 않았어. 잔잔한 수면에 비춰 보니 수염도 없고 머리털도 없는 자기 몰골이 마치 엉덩이가 벗겨진 원숭이 골로처럼 너무 추해 보였거든. 모임엔 가지 않았어도 화가 머리끝까지 난 쿠스는, 부름을 받고 갔던 코끼리 녜이와 표범 세그, 사자 가인데도 자신 못지않게 루크에게 화가 났다는 소식을 덤불숲에 사는 다른 동물들한테 들었어. 그리고 모두 어떻게 루크한테 속아 가죽과 상아를 빼앗겼는지 다 말해 주었지.

"루크 그놈 참! 루크 이놈 좀 보게, 기가 차서!"

다들 어이가 없었지.

한 번도 루크처럼 대담한 짓을 저지른 적이 없던 원숭이 골로는 말했지.

"아무튼 난 루크 저 놈처럼 사느니 엉덩이가 좀 벗겨

졌어도 지금 이대로가 더 좋아."

한 원로가 이렇게 일러두었지.

"루크놈, 당분간 덤불숲에서 너무 경거망동하지 않는 편이 좋겠군."

그러나 모두 루크를 찾아 나섰을 때는 이미 루크가 말도 없이 멀리 떠나 버린 뒤였어.

루크는 외딴 길에서 털이 반쯤 벗겨진 암사슴 가죽을 발견했어. 흰개미 떼처럼 우글거리는 벌레들이 갉아먹어 구멍이 잔뜩 난 가죽이었지. 루크는 너덜너덜한 암사슴 가죽을 걸친 괴상한 차림새를 하고는 고개는 푹 숙이고 심하게 발을 절뚝거리며 걷다가 하이에나 부키를 만났어. 부키는 암사슴을 불쌍히 여기며 물었어.

"가엾은 사슴아, 도대체 무슨 일이 있었던 거야?"

가짜 암사슴 루크가 말했지.

"아이고! 조금 전 늪에서 루크랑 싸웠는데, 루크가 왼쪽 발을 내지르며 '널 죽이고 싶지는 않으니 이번엔 왼발만 쓰겠다. 하지만 나를 꼭 기억해 둬!'라고 하는 거야. 그러고는 나를 이 모양 이 꼴로 만들어 놓았지 뭐야."

하이에나 부키는 암사슴 음빌이 당한 봉변을 원숭이 골로에게 전해 주었고, 골로는 가는 곳마다 그 이야기를 퍼뜨렸어. 결국 덤불숲 동물들 모두가 알게 되었지.

그때부터 아무도 루크를 건드리지 못하게 되었고 심지어 조금은 두려운 존재로 여기게 되었다네.

15
꼬마 신랑

그 시절, 바닷소리는 리펜 마을까지 닿지 않았어. 리펜의 어부들은 동틀 때 집을 나와서 한밤중에 돌아오거나, 해 질 녘에 나서 다음 날 한낮에 돌아오곤 했지. 새하얗고 고운 모래사장은 드넓어서 전속력으로 말을 몰아 해수욕을 시키고 마을로 되돌아오려면 반나절이나 걸렸지. 아직 방향을 바꾸지 않은 강은 남쪽으로 내려오지 않고 저 북쪽 바다로 흘렀어. 마을 동쪽으로는 너른 밭들이 펼쳐졌고, 그곳을 지나면 맹수들이 사는 큰 덤불숲이 있었지. 마을 남자들은 농사를 지으면서도 고기잡이나 사냥도 했는데, 그중 삼바는 사냥을 하는 쪽이었어.

어느 날 저녁, 삼바는 집으로 돌아오지 않았고 다음 날, 다다음 날에도 영영 돌아오지 않았지. 이미 백골이 된 삼바의 뼈만 숲속에서 발견되었어. 사자가 삼바의 목숨을 빼앗았고 독수리와 하이에나, 개미들이 차례로 그의 시체를 깨끗이 먹어 치웠던 거야.

삼바에게는 자식이 둘 있었지. 은디옹간이라는 사내아이와 카리라는 여자아이였어.

엄마만 있으면 아이들은 어떤 슬픔도 견뎌내는 법이지. 살아 있을 때도 자주 보지 못했던 아빠여서 은디옹간과 카리는 평소와 다름없이 생활했어. 카리는 엄마 곁에서 떨어지지 않았고 은디옹간은 동네 사내아이들과 함께 밭이나 정자나무 밑에서 시간을 보냈지. 은디옹간은 밥 먹을 때만 집에 돌아왔는데, 그것도 대부분 찾으러 가야 오니까 늘 카리가 오빠를 부르러 갔어.

남편을 잃은 쿰바는 자주 울었어. 하루는 카리가 엄마에게 물었지.

"엄마, 왜 자꾸 우는 거야?"

"이제 우리 집에는 남자가 없으니까."

"엄마도 참, 오빠가 있잖아."

"어휴! 네 오빠는 아직 너무 어려."

"어리면 어때! 오빠를 우리 집 꼬마 신랑으로 삼으면 되잖아."

그리하여 카리는 그날부터 오빠를 '꼬마 신랑'이라고
불렀어.

카리가 정자나무 밑이나 우물가나 밭으로 오빠를 찾
으러 가면 언제나 이렇게 말했지.

"꼬마 신랑, 엄마가 불러."

처음에 은디옹간은 잠자코 있었지만, 동생이 '꼬마 신
랑'이라고 부를 때마다 동네 친구들이 놀리기 시작하자
엄마에게 부탁했지.

"엄마, 카리가 나를 '꼬마 신랑'이라고 못 부르게 해
줘. 친구들이 자꾸…."

카리가 노래를 부르며 끼어들었어.

난 부르고 또 부르지
꼬마 신랑! 꼬마 신랑!

그러자 은디옹간이 울며 뛰쳐나갔지.

몇 달이 흐르고 몇 해가 흘러도 계속 카리는 오빠를
'꼬마 신랑'이라고 불렀어.

평안했던 날들이 지나고 이제 은디옹간과 또래 소년들
이 할례를 받는 열두 살이 되었지. '남자의 집'에 들어가

인생 속에서 마주할 온갖 고난과 역경을 이겨 내는 진정한 남자가 되고 궁극적으로 조상들의 뜻을 전하는 가장(家長)이 되기 위해 교육과 수련을 시작할 때가 된 거야.

서늘한 새벽녘에 한 무리의 소년들이 평생의 '형제'가 되려 했지. 한 명씩 차례차례 난생처음 대하는 아픔을 견뎌 내며, 반쯤 땅에 묻힌 낡은 절구통의 옆면을 따라 소년들의 피가 흘러 한데 섞이게 될 테니까. 맨 먼저 은디옹간이 절구에 걸터앉아 두툼한 황갈색 부부를 허리춤까지 추켜올렸어. 소년들의 스승인 보탈*은 소년 은디옹간의 음경을 잡고 포피를 당겨 철사보다 강한 가느다란 실로 묶었지. 그리고 피부에 파묻혀 보이지 않을 만큼 실을 세게 당긴 다음, 구두 수선공이 쓰는 송곳 바늘보다 예리하고 잘 드는 칼로 단숨에 남자의 불결한 부위를 잘라 냈어. 은디옹간은 비명도 지르지 않았고 아파하는 기색도 없었을 뿐 아니라 평소보다 더 가쁘게 숨을 몰아쉬지도 않았지. 아들이 곧 진정한 남자가 된다니, 엄마인 쿰바는 얼마나 자랑스럽겠어.

낡은 절구통 옆면을 타고 흘러내린 피가 굳을 새도 없

---

* '등에 짊어진 사람'이라는 뜻

이 다음 소년이 절구통에 걸터앉았고 다음 또 다음 소년이 뒤를 이었어. 아무도 가문의 명예를 더럽히지 않았지. 상처에 붕대가 감겼고, 남자의 집과 덤불숲에서는 마음을 단련하고 몸을 튼튼하게 하며 정신력을 기르는 교육이 시작되었지.

낮 동안 소년들은 밤에 불을 밝히고, 집안을 덥힐 땔감을 주웠으며, 새총과 창 그리고 링게**로 사냥도 했어. 또 서리질도 했지. 이 기간에는 닭이나 오리 같은 것을 훔쳐도 아무도 돌려 달라고 할 수도 없었고 해서도 안 되었지.

저녁과 새벽에는 카사크와 파신을 배웠어. 카사크는 선조로부터 내려오는 지혜를 담은 입문 노래이면서 대개 별다른 의미가 없거나 오래전 흑인들이 사방으로 흩어졌던 시대에 의미가 사라진 단어와 구절로 이뤄진 암송 훈련 노래이기도 하지. 그리고 이중적 의미가 담긴 수수께끼 파신을 낭송하는 셀베들은 소년들의 등을 링게로 때리거나 벌건 숯불을 손으로 움켜쥐게 하며 파신을 가르쳤어. 나이 많은 셀베들은 상처도 함부로 다루며 치료했지. 그러다 보니 이런 일이 자주 일어났지.

** 할례를 받은 이들이 가지고 있는 한 쌍의 긴 막대

멱을 딸 때는

울지 않던 염소가

가죽을 벗길 때 울부짖는다.

(할례를 받을 때는 잠자코 있던 소년이 붕대를 감을 때는
흐느낀다.)

소년들은 마을 사람들, 특히 여자들과 떨어져 고된 나
날을 보냈지. 가끔 제대로 된 식사를 할 때도 있었지만
대부분은 그렇지 못했어. 어떤 셀베는 매콤하게 만든 쌀
밥이나 쿠스쿠스 요리에 우유와 꿀을 넣고 끓인 달달한
좁쌀죽을 섞어 버리는 장난도 서슴지 않았지. 유달리 고
약한 셀베가 소스를 묽게 한다며 밥을 먹는 바가지에 침
을 뱉기도 했는데, 소년들은 그 바가지도 우물이나 강가
에서 씻어 온 것처럼 깨끗하게 비워야 했어. 진정한 남
자가 되려면 어떤 불쾌함도 견뎌 내야 하는 법이기 때문
이지.

그렇게 소년들은 어엿한 남자가 되어 바지를 입었어.
남색 부부를 걸친 은디옹간은 누구보다도 멋져 보였지.
집으로 돌아온 오빠를 맞이한 것은 여동생이었어.

"엄마, 꼬마 신랑이 왔어!"

"엄마, 카리한테 더 이상 날 꼬마 신랑이라고 부르지 말라고 해."

난 부르고 또 부르지
꼬마 신랑! 꼬마 신랑!

카리가 노래했지. 그런데 예전의 고집 세고 버릇없던 소녀의 장난기 어린 목소리가 아니었어. 노랫소리에서 어떤 열정 같은 것이 묻어났는데 그건 애정이 담긴 목소리였어. 카리가 자기 오빠, 마을 청년 중 가장 잘생긴 은디옹간을 좋아하게 된 거야.

예전처럼 매일 카리는 밭과 정자나무 밑으로 오빠를 찾으러 갔지.

"꼬마 신랑, 엄마가 불러."

애 어른 할 것 없이 바오바브나무 그늘에 있던 이들 모두 웃음을 터뜨리자 은디옹간은 동생에게 말했어.

"카리, 이제 난 집에 안 들어갈 거라고 엄마한테 말해. 절대로 안 간다고. 떠나 버릴 거야."

은디옹간은 일어서서 바다 쪽으로 향했지. 카리는 집에 와서 엄마에게 알렸어.

"엄마, 꼬마 신랑이 떠나 버렸어."

"어디로?"

쿰바가 물었지.

"바다 쪽으로. 오빠가 이제 절대로 안 올 거래."

두 사람은 밖으로 나가 저쪽으로 멀리 뛰어가는 은디옹간을 보았어. 엄마가 노래로 아들을 불렀지.

은디옹간 돌아오려무나,

은디옹간 내 아들아 돌아와!

동생 때문에 어리석은 짓 하지 말고,

은디옹간 돌아오려무나!

바람이 아들의 목소리를 실어 왔어.

"엄마, 카리한테 더 이상 날 꼬마 신랑이라고 부르지 말라고 해."

난 부르고 또 부르지

꼬마 신랑! …

동생도 노래했지.

뜨겁고 무른 모래에 발이 빠져 가며 엄마와 카리는 은디웅간을 뒤쫓았어. 엄마는 계속 아들을 불렀지.

은디웅간 돌아오려무나,
은디웅간 내 아들아 돌아와!

카리도 계속 노래했어.

난 부르고 또 부르지
꼬마 신랑, 꼬마 신랑!

태양이 모녀를 따라잡더니 은디웅간을 앞질러 바다에 잠겼어. 서늘해진 바람이 은디웅간의 목소리를 실어 왔지. 은디웅간은 계속 바다를 향해 갔고 멀리서 들려오는 바닷소리에 은디웅간의 목소리가 묻히기 시작했어.

밤이 되자 엄마와 카리의 노랫소리는 은디웅간의 목소리를 덮어 버린 파도의 노랫소리와 뒤섞였지….

… 동생 때문에 어리석은 짓 말고
은디웅간 돌아오려무나…

동틀 무렵에 모녀는 축축한 모래사장에 다다랐고 부서지는 파도 거품에 발목이 잠긴 은디옹간을 보았어.

은디옹간 돌아오려무나,
은디옹간 내 아들아 돌아와!

엄마가 애원했지.
"엄마, 카리한테 더 이상 날 꼬마 신랑이라고 부르지 말라고 해."
이렇게 아들이 간절히 말해도,

꼬마 신랑, 꼬마 신랑!
난 부르고 또 부르지

동생은 끈질기게 불러 댔지.
은디옹간은 굽이치며 밀려드는 파도를 뒤로 한 채 무릎이 잠길 때까지 앞으로 나아갔어.

동생 때문에 어리석은 짓 말고
은디옹간 돌아오려무나!

엄마가 울부짖었어. 아들은 가슴이 바닷속에 잠길 때까지 들어갔지.

"엄마, 카리한테 더 이상 날 꼬마 신랑이라고 부르지 말라고 해."

이윽고 바닷물이 은디옹간의 목까지 찼어.

난 부르고 또 부르지
꼬마 신랑, 꼬마 신랑!

카리는 계속 노래했지. 그리고 쿰바는 눈물을 흘리며 계속 아들을 불렀어.

은디옹간 돌아오려무나.

하지만 돌아오는 대답이 없었고 은디옹간은 바닷속으로 사라져 버렸어.

그러자 쿰바가 카리의 멱살을 잡아 바다에 쓰러뜨렸고, 파도가 해변에 버리고 간 해파리처럼 딸의 몸이 늘어질 때까지 축축하고 무른 모래 속에 카리의 머리를 처박았어.

쿰바는 계속 아들을 부르며 노래했지만 메말라 버린 그녀의 눈에는 바다도, 불어나는 파도도 보이지 않는 것 같았지. 불어난 파도가 포효하며 굽이쳤고, 계속 노래를 불러 대는 쿰바와 죽은 딸의 몸을 삼키며 세차게 부서졌어. 모녀를 삼켜 버린 파도는 리펜까지 밀려들었고…. 그렇게 그때부터 바다는 저 멀리 해가 지는 쪽으로 더 이상 돌아가지 않았지.

그래서 저녁에 해변에서 조개껍질을 주워 귀에 대 보면, 실성한 쿰바가 아들을 부르며 울며 노래하는 소리가 들리는 거라네.

은디옹간 돌아오려무나,
은디옹간 내 아들아 돌아와!

16
진실과 거짓

거짓 **펜**은 자라면서 많은 것을 배웠지만 여전히 모르는 것도 많았어. 특히 인간이 신을 전혀 닮지 않았다는 사실을 알지 못했지. 여자는 더 말할 것도 없고 말이야. 그러니 "신은 진실을 사랑한다!"는 말을 들을 때마다 펜은 마치 자신이 홀대받는 것 같아 불쾌했어. 게다가 그말은 참 자주 들렸지. 물론 진실과 거짓만큼 비슷한 게 없다는 이들도 있었지만, 대부분은 진실과 거짓은 낮과 밤처럼 다르다고 주장했어. 그런 까닭에 진실 **두그**와 여행을 떠나던 날, 펜은 이런 말을 했지.

"신이 사랑하는 건 너야. 사람들도 다 너를 좋아할걸. 그러니 어딜 가든 사람들 앞에 나설 땐 네가 말하도록 해. 혹여 누가 날 알아보기라도 하면 우린 푸대접을 받게 될 테니."

두그와 펜은 이른 아침 길을 떠나 한참을 걸었어. 한낮이 되어 다다른 마을에서 그들은 첫 번째 집으로 들어갔지. 먼저 인사를 하고 마실 것을 달라고 했어. 안주인은 깨끗이 씻지도 않은 것 같은 바가지에다 타조도 토하게 할 만큼 미적지근한 물을 내주었지. 쌀밥이 가득 담긴 솥단지가 집 앞에서 부글부글 끓고 있었지만 먹을 것까지 바라는 건 어림없는 일이었어. 길손들은 마당 한가운데 있는 바오바브나무 그늘에 누워 신이 오기를, 그러니까 행운을 데리고 바깥주인이 돌아오길 기다렸지. 바깥주인은 해 질 녘에 돌아와 길손들 몫까지 밥상을 차리라고 했어. 그러자 아내가 말했지.

"아직 아무것도 준비 못 했어요."

아내 혼자서 솥에 든 음식을 다 먹어 치울 수는 없었는데도 말이지.

남편은 화가 치밀었어. 온종일 땡볕에서 밭일하느라 배가 몹시 고파서라기보다는 (집주인의 체면을 구기지 않도록) 길손들을 제대로 대접하지 않고 배를 곯게 했기 때문이지.

"이게 좋은 아내가 할 짓이오? 인심 후한 아낙이 할

짓이냐 말이오? 이러고도 제대로 된 주부라고 할 수 있 겠소?"

펜은 약속대로 신중하게 한마디도 하지 않았어. 하지 만 두그는 입을 다물 수 없었지. 두그는 안주인이라는 이름값을 하려면 응당 길손들을 더 후하게 대접해야 했 고 남편이 돌아오기 전에 식사 준비를 모두 마쳤어야 했 다고 솔직하게 이야기했어.

그러자 부인이 미친 듯이 화를 내며 동네 사람들을 모 두 부르겠다고 으름장을 놓더니, 남의 살림에 이래라저 래라 참견하는 이 건방진 것들을 문밖으로 내쫓으라고 남편을 윽박질렀어. 그렇지 않으면 당장 친정으로 가 버 리겠다고 했지. 남편은 생전 본 적도 없고 앞으로도 볼 일이 없는 두 길손 때문에 (비록 살림 솜씨가 형편없더 도) 아내가 없거나 음식을 못 먹게 되는 것은 상상할 수 없었어. 그러니 이 불쌍한 남편은 어쩔 수 없이 그들에 게 가던 길을 계속 가라고 할 수밖에 없었지. 아니 그런 데 이 본데없는 길손들은 인생이 모두 쿠스쿠스처럼 퍽 퍽한 건 아니라지만, 좀 부드럽게 해 줘야 한다는 것을 잊었나? 그렇게까지 노골적으로 말할 필요가 있었을까!

그렇게 펜과 두그는 시작부터 꼬여 버린 여행을 계속

했어. 다시 한참을 걸어 또 다른 마을에 도착했지. 그들은 마을 초입에서 갓 잡은 기름진 황소 한 마리를 나누느라 바쁜 아이들을 발견했어. 촌장의 집으로 들어가던 중 그들은 아이들이 촌장에게 이렇게 말하는 것을 들었지.

"자, 여기 촌장님 몫이요."

아이들은 촌장에게 소의 머리와 발을 내밀었어.

그런데 예부터, 월로프족의 시조인 은디아디안 은디아이 때부터 지금까지, 인간이 사는 마을이라면 어디든 고기를 나눠 주는 것도, 가장 좋은 부위를 고르는 것도 바로 촌장이야.

"누가 이 마을을 다스린다고 생각하시오?"

촌장이 길손들에게 물었어.

펜은 신중하게 침묵을 지키며 입을 다물었지. 두그가 어쩔 수 없이 약속대로 자기 생각을 밝혀야 했어.

"어느 모로 보나," 하고 입을 떼었어.

"바로 이 아이들이지요."

"무례한 사람들이로군."

촌장이 노발대발하며 말했어.

"이 마을에서 나가시오. 당장 떠나시오. 안 그러면 살아서 못 나갈 것이니. 가시오, 썩 나가시오!"

이리하여 불운한 길손들은 다시 길을 떠났어.

도중에 펜이 두그에게 말했지.

"지금까진 결과가 신통치 못해. 네게 계속 일을 맡겼다간 나아질 게 없을 것 같아. 그러니 지금부터는 내가 나설게. 신이 너를 아낀다고 해서 인간들까지 널 높이 평가하는 건 아니라는 생각이 들거든."

점점 가까워지는 다음 마을에서는 대성통곡하는 소리가 흘러나오고 있었어. 이 마을에서 어떤 대접을 받을지 알지 못한 채 펜과 두그는 아무 집이나 들어가기에 앞서 우선 우물에 들러 목을 축이고 있었지. 갑자기 한 여인이 펑펑 울면서 나타났어.

"왜 이리 큰 소리로 우는 게요?"

두그가 물었어.

"아이고!"

여인이 말했어. 그 여인은 시녀였지.

"부르의 총애를 받던 우리 왕비님께서 어제 돌아가셨죠. 왕비님들 중에서도 가장 어리신 분이었어요. 그러니 부르께서는 크게 상심하시어 가장 사랑스럽고 어여뻤던 우리 왕비님을 따라 목숨을 끊으려 하셔요."

"고작 그것 때문에 그토록 운단 말이오?"

펜이 말했어.

"가서 부르에게 전하시오. 죽은 자를 되살릴 수 있는 나그네가 우물가에 있다고. 아주 오래전에 죽은 자도 살릴 수 있다고 말이오."

시녀는 자리를 뜨더니 잠시 후 한 노인을 대동하고 돌아왔어. 그 노인은 길손을 근사한 가옥으로 안내했는데, 그곳에는 통째로 구운 양고기와 쿠스쿠스가 든 바가지 두 개가 놓여 있었지.

"부르께서 음식을 보내시며 오랜 여독을 풀며 기다리라 분부하셨네. 곧 자네를 부르실 걸세."

노인이 말했어.

다음 날, 더 풍성한 식사가 차려졌고, 그다음 날도 마찬가지였지. 그러나 펜은 화가 나서 못 견디는 척하며 시중꾼들에게 말했어.

"가서 부르에게 고하시오. 더는 여기서 지체할 수 없으니, 내가 필요 없다면 다시 길을 떠나겠노라고."

한 노인이 와서 그에게 말했어.

"부르께서 오라 하시오."

펜은 두그를 남겨둔 채 노인을 따라갔지.

"우선, 네가 하려는 일의 대가로 무엇을 원하는고?"

펜을 보고 왕이 물었어.

"부르가 해 줄 수 있는 건 무엇이오?"

펜이 되물었어.

"이 나라에서 내가 가진 것 가운데 백 가지를 주도록 하지."

"그것으론 부족하오."

펜은 콧대를 세웠지.

"그렇다면, 원하는 것을 말해 보거라."

왕이 제안했어.

"부르의 재산 절반을 내주시오."

"좋다."

왕이 응했지.

펜은 왕비의 무덤 위에 오두막 한 채를 짓게 하고는 혼자 괭이 한 자루만 가지고 들어갔어. 거친 숨소리와 헐떡이는 소리가 들려 왔는데, 한참이 지난 뒤에야 펜이 말을 하기 시작했어. 처음에는 나지막이 말하다가 나중에는 큰소리를 냈지. 마치 여러 사람과 언쟁이라도 하는 듯했어. 드디어 오두막 밖으로 나온 펜은 문을 쾅 닫고 문에 등을 기댔지.

"일이 복잡해졌소."

펜이 왕에게 말했어.

"무덤을 파고 왕비를 깨웠소. 그런데 왕비가 다시 살아나 땅속에서 나오려고 하자 부르의 부친이 깨어나더니 왕비의 발목을 잡고 '이 여인은 놔둬라. 이 여인이 네게 줄 수 있는 게 무엇이냐? 내가 이승으로 돌아가면 내 아들의 전 재산을 줄 것이다' 하고 말하는 게 아니겠소. 이 제안이 끝나기도 전에 이번에는 부르의 부친의 부친이 불쑥 나타나더니 부르의 전 재산과 부친의 재산 절반을 주겠다고 하더이다. 그러더니 부르의 부친의 부친의 부친이 부르의 부친의 부친을 떠밀고 나오더니만, 부르의 전 재산과 부친의 전 재산, 부친의 부친의 전 재산 그리고 본인 재산의 절반을 주겠다고 했소. 그런데 또 이 말이 채 끝나기도 전에 부르의 부친의 부친의 부친의 부

친이 오더니, 이젠 부르의 조상들과 그 선조들까지 모두 왕비의 무덤 입구에 모여들었소."

왕은 대신들을 쳐다봤고 그들은 왕을 바라보았지. 일이 복잡해졌다는 펜의 말은 실로 맞는 말이었어. 왕이 펜을 바라보자 늙은 대신들도 펜을 바라봤어. 어떻게 해야 할까?

"누굴 살려야 할지 몰라 난처한가 보니 그럼 이것만 말해 주시오."

펜이 말했어.

"딱 한 사람만 고르시오. 살리고 싶은 것이 왕비요, 아니면 부친이오?"

"내 아내지."

왕비에 대한 사랑이 그 어느 때보다 강해진 왕이 말했어. 사실 그는 대신들의 도움을 얻어 선왕을 죽음으로 내몰았기에 늘 선왕을 두려워했지.

"암요, 지당하신 말씀이오!"

펜이 답했어.

"하지만 문제는, 부르의 부친이 부르가 약속했던 것의 두 배를 내게 주기로 했다는 것이오."

왕이 대신들을 돌아보자 대신들은 왕을 보다가 펜을

쳐다보았어. 실로 엄청난 대가였지. 왕이 재산을 몽땅 잃고 가장 사랑했던 여자를 다시 만난들 무슨 소용이야? 그러고도 왕이라 할 수 있겠어? 펜은 왕과 대신들의 생각을 읽어 냈지.

"다만,"

펜이 말했어.

"왕비를 살려내는 대가로 제게 약속했던 것만 주신다면, 왕비를 무덤에 그대로 둘 수도 있긴 합니다만."

"그야말로 가장 옳고 합당한 선택임에 틀림없사옵니다."

선왕의 죽음에 가담했던 대신들이 일제히 외쳤지.

"어떻게 하시겠소, 부르?"

펜이 물었어.

"좋다! 내 부친과 내 조부 그리고 내 조상들까지 모두 본래 자리에 그대로 놔두어라. 내 아내 또한 마찬가지다."

그리하여 펜은 아무도 저승에서 데려오지 않은 대가로 왕의 재산 절반을 차지했어. 게다가 왕은 금세 죽은 왕비를 잊고 새 왕비를 맞이했다네.

암사슴과 두 사냥꾼

입은 머리의 노예라서 머리를 대신해 몸의 나머지 부분에 명령한다네. 차분히 말하거나 고함을 치면서 입은 가끔 맞는 말도 하지만, 대체로 잘못 알고 말하지. 음식을 더 채워 주길 바랐던 배의 심중은 묻지도 않고 배부르다 해 버리고, 그만 걷고 싶었던 다리의 생각은 묻지도 않고 더 걸어갈 수 있다며 제멋대로 단정 짓는 식이거든.

입이 온몸의 권력을 독차지한 건 자신이 몸에 없어서는 안 될 존재란 것을 깨우친 날부터였어. 입은 가끔 사람을 살리기도 하지만, 대개 "난 몰라" 한마디만 하고 그치는 것이 성에 차지 않아 사람을 파멸로 몰고 가기 마련이지.

말이 너무 많으면 좋지 않은 거야 두말하면 잔소리 아니겠나. 하지만 자기 말을 남에게 이해시키지 못하는 것도 불화의 씨앗이 되지. 다른 입이 하는 말을 알아듣지 못하는 경우도 마찬가지야. 마라부 **세리뉴**가 메카에서 돌아오는 길에 카이에 살던 한 제자의 집에 들렀다가 깨닫게 된 것이 바로 이런 생각일 테지. 세리뉴는 제자의 집에서 가장 좋은 처소를 차지하고 앉아 곧바로 코란과 신도송의 구절을 읊조리기 시작했어. 시사시간이 되자, 마라부를 모시러 어린아이 하나가 왔지. 아이는 마라부의 거처에 들어가 밤바라어로 말했어.

"키 카 나Ki ka na(오시래요)."

그런데 세리뉴는 월로프어로 대답했어.

"마나Mana(나다)."

부모에게 돌아간 아이는 이렇게 전했지.

"오지 않으시겠대요."

그래서 제자의 가족은 손님을 **빼놓고** 저녁 식사를 했어.

이튿날 아침, 아이가 와서 또 밤바라족의 말로 마라부를 불렀고 세리뉴도 아이에게 월로프족의 말로 대답을 했지. 점심 때도 저녁 때도 마찬가지였어. 사흘 동안 하루에 세 번, 이 독실한 순례자는 어린 심부름꾼의 똑같은 부름에 똑같은 대답을 했던 거야.

개종한 지 얼마 되지 않은 제자 부부는 마라부의 그런 신심信心을 도통 이해할 수가 없었지. 식사는 기도 전에 할지 기도 후에 할지 순서가 문제일 뿐 거를 수는 없으니까. 메카에 가 본 적이 없더라도 이슬람 신자라면 누구나 식사를 할 때 기도를 하지. 그런데 먹지도 않고 기도만 한다고? 아무리 신성한 말에 힘이 있다 해도, 신앙심을 가진 지 얼마 안 된 이 밤바라인 가족은 코란이 밥 한 바가지를 대신한다거나 특히 옥수수 반죽에 끈적한 오크라 소스와 잘 구운 닭고기를 함께 내는 '또tô'를 대신할 수 있다는 소문은 들어본 적이 없었거든. 정성스레 만든 진정한 '또'는 스승에 대한 존경심을 담고 있었기 때문이지. 그런데 마라부는 제자 가족과 함께 쌀밥이나 '또', 쿠스쿠스를 먹으러 오기를 계속 거절했던 거야.

한편 세리뉴는 코란의 구절과 신도송을 읊조리다가 혹시 자신이 칩거한 이후로 메뚜기 떼가 이 지방의 밭을 덮친 것은 아닌가 하는 생각이 들기 시작했어. 혹시 흰개미가 곡식 창고에 큰 피해를 준 것은 아닌지, 세네갈 강이 하룻밤 사이에 말라 버린 것은 아닌지, 아니면 강

에 살던 잉어, 날가지숭어, 살벤자리와 배설물을 먹고
사는 불결한 메기를 비롯한 온갖 물고기가 모두 카이와
메디나를 떠나 푸타잘롱고원 쪽으로 거슬러 올라갔거나
생루이 방향의 바다로 내려가 버린 것은 아닌지 궁금해
졌지. 또 건너편 강가에서 풀을 뜯던 소들이 전부 하룻
밤 만에 가축 전염병으로 떼죽음을 당한 것은 아닌지,
무어인과 퓔족이 북쪽에서 데려온 양들이 다 파스퇴렐
라균에 감염돼 발작하다 쓰러져 급사한 것은 아닌지 의
심하기도 했어. 그러다 이 나라에서는 도대체 한 달에
몇 번이나 밥을 먹는지 의문을 품기에 이르렀지.

허나 위대한 마라부 체면에 대놓고 음식을 달라고 할
수는 없었던 거야.

결국 걱정이 된 제자가 스승을 보러 왔고, 어떻게 된
일인지 서로 이야기하게 되었어.

세리뉴는 아랍문자에 대해서는 통북투 지방의 학자보
다 더 정통했지만 밤바라어는 한마디도 알아듣지 못했
지. 제자 부부가 보냈던 어린아이는 카이를 떠난 적도,
세네갈과 수단의 경계인 팔레메강을 건넌 적도 없었기
에 월로프어를 들어 본 적이 없었던 거야.

아이가 마라부에게 밤바라어로

"키 카 나Ki ka na(오시래요)."라고 말하면, 세리뉴는

"키 카 나Ki ka na?(월로프어로 '누구세요?')"라고 알아들었던 게지.

그래서 마라부가 월로프어로

"마나Mana!(나다!)"라고 대답하면, 아이는

"마 나Ma na!(밤바라어로 '난 안 가.')"라고 알아들었던 거였어.

그렇게 세리뉴는 뱃가죽이 등에 붙도록 굶주린 덕에, 신앙과 관계없을지라도 말이 아주 중요하다는 것과 입이 힘을 가졌다는 것을 새삼 실감했지.

어떤 일에는 불행도 약이 되고, 우리를 속박하는 굴레 속에서도 불쑥 행운이 찾아오기도 하는 법이야. 세리뉴는 자신의 의지와 상관없이 단식하는 동안 어떤 부정한 음식으로도 입을 더럽히지 않은 덕에 마라부보다 더 훌륭한, 거의 성자 왈리에 가까운 자가 되었지.

"그러면 이제 암사슴 음빌이 어떻게 지식을 얻었는지 그리고 그 지식으로 두 사냥꾼에게 어떻게 맞섰는지 이

야기해 주겠네."

아마두 쿰바가 말했다.

><<<

꿀이 물에 녹듯이 좋은 말이든 나쁜 말이든 말도 침에 녹아드는데, 침 속엔 말의 힘이 어느 정도 남는 법이지.

세리뉴는 떠나기 전 제자 부부를 위해 오랫동안 기도하고, 어린아이들이 내민 손과 까까머리에 침 세례를 베풀었어. 그리고 다시 귀로에 올랐지.

세리뉴가 뿌린 침이 묻은 풀을 마침 그 길을 지나던 사슴 음빌이 뜯어 먹었어. 그렇게 음빌은 단번에 마라부의 학식을 모두 얻게 된 거야. 하이에나 부키는 이십 년 동안 코란 학교를 드나들었어도 얻은 것이라곤 굽은 허리와 축 처진 엉덩이뿐이었어. 저녁 수업 시간에 어둠을 밝히려고 무거운 나뭇단을 매일 지고 다녔거든.

그리하여 음빌은 마라부도 아니고 덤불숲과 사바나의 주술사도 아니지만 식견을 가진 자가 됐어. 다른 동물에게 알려지지 않은 일 그리고 마라부나 주술사가 아닌 평범한 인간이 잘 모르는 것까지 알게 되었거든.

음빌의 능력을 처음 알아본 건 바로 사냥꾼 콜리였어. 콜리는 물가에서 음빌을 보았지. 이른 아침에 음빌은 거기서 뭘 하고 있었을까? 목욕 의식을 하고 있던 걸까 아니면 덤불숲의 다른 동물처럼 그저 물을 마시고 있던 걸까? 콜리는 그걸 누구에게 이야기할 겨를이 없었지. 이제껏 음빌도 입에 올린 적이 없으니 그 누구도 알지 못할 거야. 좌우지간 콜리는 음빌을 겨눴고 음빌은 이렇게 말했어.

"날 죽이지 마. 코끼리와 멧돼지가 있는 곳을 알려 줄게."

"됐어. 오늘 잡고 싶은 건 너거든."

콜리가 이렇게 대답하며 총을 쐈어.

"날 맞히지도 못하면서!"

총알이 음빌을 비켜 가자 음빌이 이렇게 말했지.

화가 난 콜리는 응게 이파리로 지핀 불에 구워서 타마린드 가루에 짓이겨 놓았던 여왕개미를 총에 채워 넣고 음빌을 쏘아 쓰러뜨렸어. 콜리가 음빌을 거둬 가려고 다가오자 음빌이 소리쳤지.

"소테굴Sotégoul(아직 안 끝났어)!"

콜리가 음빌의 목을 베자 목뼈에 부딪힌 칼이 바드득

소리를 내며 "소테굴!"이라고 했어. 콜리는 어깨에 음빌을 들쳐 메고 마을로 돌아왔는데, 집에 도착하자 아들이 조금 전 우물에 빠졌다는 소식을 듣게 됐어. "소테굴!" 바닥에 내던져진 암사슴의 사체가 소리쳤지. 그리고 음빌의 가죽을 벗기는데, 가죽이 "소테굴!"이라고 외치는 거야. 이젠 고기를 자르는데, 고기를 썰던 칼이 "소테굴!"이라고 했어. 콜리가 고깃덩어리를 솥에 넣자, 솥은 "소테굴!… 소테굴!… 소테굴!…"하며 끓었지. 헌데 고기가 통 익질 않는 거야. 콜리는 이레 동안 땔감을 주우러 다녔고, 불에 입김을 불어 넣던 아내는 불똥 하나가 왼쪽 눈에 들어가 애꾸가 되고 말았지. "소테굴!" 불과 솥과 고깃덩어리가 말했어. 솥이 계속 끓고 있는데도 고기는 하나도 익지 않았지. 참다못한 콜리가 맛을 보려고 고기 한 조각을 입에 넣었는데 고기가 목구멍에서 내려가지 않더니 마구 부풀어서 콜리의 머리를 펑 터트렸어.

"소티나Sotina(끝났다)!"

하고 말하며 냄비에서 튀어나온 음빌은 숲으로 돌아갔지.

콜리의 봉변은 앵무새 쪼이를 통해 숲속 동물들에게
알려졌어. 밭 주변과 사람들이 사는 마을을 가장 많이
드나드는 원숭이 골로가 발 빠르게 쪼이에게 소식을 전
해 준 것이지. 이렇게 암사슴 음빌의 명성이 자자해지자
어느 날 동물들이 떼 지어 음빌을 찾아왔어. 이들은 은
디우만이라는 사냥꾼도 똑같이 없애 버리고 싶다며 불
평불만을 늘어놨지.

"오직 자네만이 우리에게 평화롭고 행복한 날을 되찾
아 줄 수 있다네."

코가 길고 눈이 작은 코끼리 왕 녜이가 말했어.

"오로지 자네만이 은디우만을 없애고 우리에게 평온
과 안녕을 다시 가져다줄 수 있지."

눈치 빠르고 음흉한 데다 털이 요란스럽고 더러운 표
범 세그가 말했지.

"자네 말고는 우리 숲속에 안정을 가져다줄 이가 없
어. 자네만이 수풀과 나무 발치마다 우릴 노리고 있을지
모르는 두려움을 없애 줄 수 있지."

굽은 허리에 엉덩이가 축 처진 교활한 하이에나 부키

가 말했어.

그리고 예전에는 먹잇감을 몰래 덮치려고 위장을 했지만 이젠 은디우만을 피하려고 모래색 털빛으로 위장한 붉은 눈의 사자 가인데, 더 잽싸게 달아나려고 신발을 벗어 머리에 꼭 붙인 토끼 루크, 몽둥이질과 총알을 피하려고 이쪽저쪽으로 뛰는 자칼 틸까지 다들 암사슴 음빌에게 은디우만과 그 개들과의 악연을 끊어 달라고 부탁했지. 음빌은 모두에게 사냥꾼을 처리하겠다고 약속했어.

음빌의 지식은 대단하긴 했지만 얻은 지 얼마 안 된 것이었지. 그래서 땅이 기나긴 역사를 가졌고 나무가 기나긴 세월을 보냈으며 풀이 기나긴 세월 늘 존재해 온 건 알았으나, 은디우만의 조상이 땅과 나무와 풀과 맺은 계약이 사냥꾼의 혈통만큼이나 오래되었다는 사실은 몰랐지. 또 음빌은 사냥개 카츠도 달에게서 배운 방대한 지식을 갖고 있다는 건 알았지만, 개가 해로운 잡신을 몰아내려고 사람의 집에 들어간 날부터 시작된 개와 은디우만 집안의 계약에 대해서는 몰랐어.

은디우만과 그의 아버지 그리고 그 아버지의 아버지를 비롯한 조상들은 시조 때부터 대대로 뜨거운 피로 땅을 흠뻑 적셔 주었고 보름달이 뜨는 날 제일 먼저 잡은 동물의 피를 나무 밑동과 풀에 뿌려 주었어. 그리하여 땅과 나무와 풀은 은디우만 일족이 잡고 싶어 하는 동물을 더 이상 숨겨 주지 말아야 했지. 시조 때부터 은디우만 아버지의 아버지, 은디우만의 아버지 그리고 은디우만까지 내려오며 대대로 초승달이 뜨는 날에 제일 처음 잡은 동물의 사체를 개들에게 주었고, 개들은 잡아야 할 동물의 냄새를 맡고 발자취를 찾아내야 했어. 개들이 뒤쫓아서 동물을 찾아내면 은디우만이 총을 겨누었고 총부리는 긴 손가락을 내밀 듯 총알이 가야 할 길을 가리켰지. 그러면 총알은 성실한 심부름꾼처럼 절대 도중에 늘장 부리지도 않고, 결코 자기 임무를 잊지 않으며 언제나 사냥감을 명중시켰어.

그동안 숲이나 사바나에 살았던 동물들의 기억으로도, 은디우만의 개들이 냄새를 맡고 은디우만이 발견하고 은디우만의 총이 겨냥해서 표적이 되었다면 그 총알을 피한 사냥감이 없었어.

은디우만의 아버지는 집에서 태어난 네 마리의 개에게 워르마Worma(신의), 워르-마Wor-ma(배신), 디그Digg(약속), 딕Dig(울타리)이라는 이름을 지어줬어. 아버지는 살면서

기만당하고 싶지 않은 사람을 위한 지혜가 이들 이름에 제법 담겨 있다고 생각했지. 워르마와 워르-마의 발음이 같듯이 신의와 배신은 짝을 이루는데 신의는 항상 지속되는 것이 아니라서, 물이 자기 품에서 태어날 때부터 알고 길러 온 물고기를 솥 안에서 삶아 버리는 배신을 하기도 한다고 아버지는 설명했어. 또 약속은 두꺼운 이불이지만, 그것만 믿고 덮고 있다가는 매서운 추위에 벌벌 떨게 될 것이라고도 했지. 그리고 두 개의 밭을 각각 똑같은 울타리로 나누어도 땅의 크기는 같을 수 없고,

두 개의 곳간에 같은 길이의 일래르hilaire* 삽으로 좁쌀을 채우더라도 그 양이 같을 수는 없다고 했어. 아버지는 사냥꾼이라도 다 같은 사냥꾼이 아니라는 말은 하지 않았지만 그렇게 생각한 것은 분명해. 아무리 대단한 지식을 가진 음빌이라도 아마 이건 몰랐을 테지.

아버지는 그 외에도 지혜가 담긴 말을 더 들려주었지만 아들은 홀라당 잊어버린 것 같았지. 너 나 할 것 없이 젊고 예쁜 여자들의 무리가 탐탐 소리에 맞춰 흥겹게 노래하고 춤추면서 은디우만의 집 앞에 멈춰 섰던 그날 말이야.

>←←←

한 달을 내리 궁리한 끝에 음빌은 은디우만과 개들을 처치할 방법을 생각해 냈고 그 방법이 통할 거라고 믿었어. 그래서 원숭이 골로와 앵무새 쪼이를 시켜 숲속에 사는 동물들을 모이게 한 뒤 이렇게 말했지.

"우리 여자로 변신해서 사냥꾼 은디우만의 집에 찾아

---

* 끝이 초승달 모양이고 자루가 긴 농기구. 세네갈에서 처음 팔기 시작했던 상인의 이름에서 유래했다. 월로프어로는 '고프Gop'라고 한다.

가자.”

그리하여 일이 벌어지는데…

살라무 알레이쿰

인사를 드리지요

은디우만과 가족들께요

귀한 손님들이 왔으니

거하게 한 상 내 주셔야지요…

어디서도 본 적 없는 너무나 아름다운 부부와 아주 예쁜 파뉴를 입고 장신구를 걸친 여자들이 노래를 부르면서 탐탐을 두드리고 춤추며 은디우만의 안내를 받아 집으로 들어섰지.

살라무 알레이쿰

인사를 드리지요

여자들은 차례차례 은디우만 앞에 가서 무릎을 굽혀 인사했지. 탐탐 소리와 박수 소리가 울려 퍼졌어.

은디우만과 가족들께요

귀한 손님들이 왔으니

거하게 한 상 내주셔야지요…

은디우만은 이 여자들 중 누가 가장 아름다운지, 누구에게 시선을 가장 오래 두어야 할지 가늠할 수 없었지.

마침내 탐탐 소리와 여자들의 춤이 멈췄어. 모두 자리에 앉아서 여자들이 여행 이야기와 이곳에 오게 된 사연을 풀어내는 동안, 집안의 일꾼들은 황소와 숫양을 잡고 절구에 좁쌀을 넣어 빻았지.

까만 얼굴에 통통하고 몸집이 큰 여자가 말했어.

"우리는 멀리서 왔답니다."

이번엔 호리호리한 몸에 얼굴이 뽀얗고 목이 가느다란 여자가 말했어.

"그래도 당신의 명성이 닿지 않을 만큼 먼 곳은 아니랍니다. 사냥꾼의 왕 은디우만 님."

여자들의 목소리가 아주 감미롭고 간드러져서 은디우만은 어찌나 넋이 나갔는지 어머니의 부름을 전하러 온 아이가 그를 세 번이나 불러야 했지.

어머니가 말했어.

"은디우만, 나는 이 모든 게 무섭구나. 시커먼 얼굴에 코가 큼직한 저 거대한 여자를 보아라. 코끼리 녜이를 닮았잖니."

은디우만은 웃으며 물었지.

"어떻게 그런 생각을 하실 수 있죠, 어머니?"

"뽀얀 얼굴에 호리호리하고 목이 아주 길고 가느다란 저 여자도 말이야, 암사슴 음빌 같지 않니?"

"도대체 무슨 말씀을 하시는 거예요, 어머니?"

"은디우만, 내 아들아, 조심하거라."

늙은 어머니는 이렇게 말했지만 은디우만은 웃고 떠드는 무리에게로 돌아갔지.

아주 먹음직스러운 고기 조각에 쿠스쿠스가 가득 담긴 바가지들이 차려지자, 젊은 여자들은 뾰로통한 얼굴을 했어. 한 여자가 말했지.

"정말이지, 우리는 하나도 배가 고프지 않아요."

다른 여자가 거들기를,

"소고기와 양고기, 염소고기라면 실컷 먹어 봤어요. 우린 사냥꾼들의 왕이신 은디우만 님에게서 색다른 것을 기대하고 있다고요."

자존심이 상한 사냥꾼이 흥분하며 물었어.

"먹고 싶은 게 있으면 뭐든지 말해 보시오. 당장 내드리리다. 사슴 고기를 원하시는 것이오? 코브? 아니면 멧돼지? 하마?"

"아니에요! 아니에요!"

여자들은 손사래를 쳤지. 몇몇은 몸을 떨기 시작했어.

"우리가 원하는 것은,"

얼굴이 뽀얀 여자가 운을 뗐지.

"우리가 원하는 것은 개고기랍니다."

어머니의 충고에도 불구하고 은디우만은 개들을 죽이라고 명령했고, 곧 일을 치르고 말았어.

늙은 어머니가 말했지.

"적어도 개들의 뼈는 하나도 잃어버리지 말거라. 네 손님들이 다 먹고 나면 뼈를 모두 모아 내게 가져오너라."

젊고 아름다운 여자들 앞에 개고기를 곁들인 쿠스쿠스가 놓이자, 여자들은 또다시 찬가를 부르며 위대한 은디우만의 넉넉한 환대가 얼마나 만족스럽고 기쁜지 보여 주었지. 음식을 나르던 일꾼들과 아이들은 뼈를 모두 모아 어머니에게 갖다 주었고, 어머니는 희생된 개들의 피를 담아 둔 항아리 네 개에 뼈를 넣었어.

뽀얀 얼굴에 호리호리한 여자가 말했지.

"시간이 늦었으니 우리는 이제 가야겠어요."

은디우만은 여자들 중에서 체구가 작은데도 가장 위엄이 있어 보이는 이 여자가 제일 마음에 들었어. 마치 여왕인 것처럼 유독 그녀가 하는 말이라면 다들 존중하며 따르는 것 같았거든.

다른 여자들도 말했어.

"은디우만 님, 우리는 이제 갈 거예요."

은디우만이 슬퍼하면서 뽀얀 얼굴에 호리호리한 여자에게 눈을 떼지 않으며 물었어.

"벌써 가는 거요?"

"그렇게 아쉬우시면 우리를 배웅해 주세요. 그러면 좀 더 같이 있을 수 있잖아요."

사냥꾼은 집으로 돌아가려는 여자들을 바래다주고 오겠노라고 어머니께 전하러 갔지.

늙은 어머니가 말했어.

"총을 들고 가거라."

총을 들고나오는 걸 본 여자들이 분개하며 소리쳤어.

"여자들과 같이 가는데 총이 필요한가요?"

은디우만은 화약통과 총알 주머니와 총을 갖다 놓으러 돌아왔어.

어머니가 말했지.

"그럼 활을 가져가거라."

어깨에 멘 활을 보고 여자들은 화를 냈어.

"무슨 전쟁이라도 나가듯이 무장할 만큼 우리와 같이 가는 게 그렇게 불편하신가요?"

활과 화살을 도로 갖다 놓으러 돌아오자, 어머니가 손을 내밀며 말했어.

"대추야자 열매를 몇 알 챙겨 가거라. 위험한 일이 생기면, 이걸 땅에다 던지고 나를 불러야 한다."

함성과 노래 그리고 탐탐의 울림 속에 은디우만을 둘러싼 무리는 흥겹게 길을 떠났지.

그렇게 춤추고 노래하고 소리치면서 한참을 걸었어. 그러더니 함성이 멎었고 노랫소리가 약해지며 탐탐 소리도 끊겼지. 사바나에 무거운 침묵이 내려앉았어. 은디우만은 뽀얀 얼굴에 호리호리한 여자를 계속 바라보았지. 갑자기 그 여자가 신호를 보내자 여자들이 모두 걸음을 멈췄어. 그리고 사냥꾼에게 말했지.

"은디우만 님, 여기서 잠깐 기다리세요. 우리는 어딜 좀 다녀올게요."

여자들이 멀어지자 은디우만은 혼자 남았어. 여자들

은 멀리, 아주 멀리 떨어져 은디우만에게 물었지.

"은디우만 님, 우리가 보이나요?"

"남색 부부와 줄무늬 파뉴가 보여요."

은디우만이 외치며 대답했지.

여자들은 좀 더 멀리까지 가서 물었어.

"은디우만 님, 우리를 알아보겠어요?"

"풀썩이는 먼지가 보여요."

은디우만이 외쳤어.

여자들은 좀 더 멀리, 아주 멀리 가서 물었지.

"은디우만 님, 우리를 알아보겠나요?"

"이제 하늘과 땅밖에 보이지 않는군요."

은디우만이 외치며 대답했어.

그러자 여자들은 멈춰 서더니 몸에 걸쳤던 옷과 장신구를 벗고 바닥에 엎드렸어. 그리고 다시 일어났을 때는 덤불숲에 사는 동물의 모습으로 돌아와 있었지. 동물들 가운데에 암사슴 음빌이 있었어.

코가 큼직한 코끼리 녜이, 붉은 눈의 사자 가인데, 털이 얼룩덜룩한 표범 세그, 휘어진 뿔이 달린 영양 코브, 여기저기 밀치고 다니는 자칼 틸, 멧돼지 **음밤알**, 큰 동물들의 불룩한 배 밑을 뛰어다니는 토끼 루크 그리고 하이에나 부키의 축 처진 궁둥이를 짧디짧은 날개로 가리고 있던 타조 **반디올리**가 일제히 사냥꾼을 향해 돌진했어.

은디우만이 처음 본 것은 동물들이 일으킨 먼지였고, 그다음에 본 것은 녜이의 시커먼 덩치 그리고 가인데와 음빌의 다갈색 털, 세그와 부키의 얼룩이었지. 은디우만은 땅에 대추야자 열매 하나를 던지며 외쳤어.

"은데이 요N'dèye yô(어머니)! "

바닥에 떨어진 열매에서 대추야자나무가 자라더니 나무 꼭대기가 거의 하늘까지 닿았지. 동물들이 다가오자 은디우만은 나무에 올라탔어.

머리를 쳐들며 잔뜩 성이 난 동물들이 나무를 둘러싸자, 나무 밑동 바닥을 긁던 음빌은 땅속에서 도끼를 파내어 녜이에게 전했지. 거대한 벌목꾼 녜이가 거대한 나무를 공격했고, 음빌이 부르기 시작한 노래에 맞춰 도끼질이 리듬을 탔어.

웽 시 웰렝Wèng si wélèng!

사 웰렝 웽Sa wélèng wèng!

은디우만 테잉가 데N'Dioumane tey nga dè!

(혼자 왔구나!

혼자서 왔어!

은디우만 너는 죽은 목숨이다!)

대추야자나무 이파리는 마치 머리카락을 땋아 달라는 듯이 하늘을 향해 **뻗어** 있었는데, 그 얼기설기한 이파리 끝까지 부르르 떨리더니 이내 나무가 휘청거렸어. 녜이는 계속 나무를 내리찍었지.

사 웰렝 웽!

웽 시 웰렝!

우지끈 부러지는 소리가 나며 나무가 좌우로 세 번 흔들리다가 기울어졌어. 이윽고 막 쓰러지려는 찰나, 은디우만이 두 번째 열매를 던지며 이렇게 소리쳤어. "은데이 요!" 바닥에서 하늘까지 자라난 나무는 방금 땅에 쓰러진 나무보다 세 배나 높게 솟아났고 은디우만은 뛰어서 그 나무에 올라탔지. 녜이는 두 번째 나무에도 달려들어 다시 쓰러뜨리는 일을 시작했어.

웽 시 웰렝!

사 웰렝 웽!

은디우만 너는 죽은 목숨이다!

　두 팔과 다리 사이 그리고 온몸으로 나무의 진동이 느껴지자 은디우만은 자기 때문에 희생된 개들을 떠올렸어. 그리고 그의 조상들과 개들이 맺었던 계약도 기억해 냈지. 그 계약을 처음으로 깨뜨린 사람이 은디우만이었던 거야. 은디우만은 새삼 개들은 인간이 보지 못하는 것을 보고, 알지 못하는 것을 안다는 사실도 기억해 내고는 개들을 불러 모으기 시작했어.

오! 워르마, 워르-마

아버지의 개들아,

나는 너희를 배신했지만

너희들은 날 배신하지 말아다오!

오! 딕, 오! 디그

절망에 빠진 은디우만을

구해 다오!

콜리의 솥에서 음빌이 튀어나왔듯이 개의 피와 **뼈**가 담겼던 항아리에서 개 네 마리가 튀어나왔지. 워르마는 주인의 총을, 워르-마는 화약통을, 딕은 총알 주머니를 입에 물고, 디그는 소리 내어 짖으며 은디우만의 흔적을 뒤쫓았어.

혼자 왔구나!
혼자서 왔어!

녜이는 계속 도끼로 세게 내려쳤지. 두 번째 나무가 우지끈 소리를 내며 흔들리다 기울어지더니 이내 바닥에 쓰러졌어. 은디우만은 떨어지기 직전까지도 계속 이렇게 부르짖었지.

오! 워르마, 워르-마
오! 딕, 오! 디그

그리고 마지막 열매를 던져서 세 번째 나무에 기어올랐어. 방금 쓰러진 것보다 일곱 배나 큰 세 번째 나무의 꼭대기가 하늘을 뚫고 나왔지.

녜이는 계속해서 도끼질을 했고 동물들은 계속 노래를 불렀어.

웽 시 웰렝!

도끼는 끊임없이 나무 밑동을 찍어 내렸지.

혼자서 왔어!
은디우만 너는 죽은 목숨이다!

은디우만도 계속 불러 댔지.

아버지의 개들아
절망에 빠진 은디우만을
구해 다오!

나무가 흔들리다 기울어 거의 쓰러지려던 때였어. 도끼 찍는 소리를 압도하며 동물들의 노래보다 더 우렁차고 은디우만의 외침보다 더 크게 디그의 소리가 울려 퍼졌지.

"컹! 컹! 컹!"

마침내 마지막 나무가 고꾸라지며 은디우만은 개들 한가운데 떨어졌어.

이 경솔한 사냥꾼 은디우만은 자기보다 훨씬 신의가 있는 친구들의 주둥이에서 총과 화약통, 총알 주머니를 집어 들었어. 하지만 동물들은 이미 암사슴 음빌을 선두로 덤불숲 깊은 곳까지 달아난 후였지.

❌❰❰

"그래서 은디우만 때부터 사냥꾼은 모두 장작을 주우러 갈 때도 늘 총을 지니고 다니는 게야." 아마두 쿰바가 말했다.

18

쿠스의 요술 바가지

재물을 매달아 둔 자는 위를 쳐다보는 자를 싫어한다.

남들이 미모에 대해 대화를 할 때 하이에나 부키의 아
내나 토끼 루크의 아내를 콕 집어 못생겼다고 하지도 않
았는데, 두 아내는 못생긴 여자 얘기만 나오면 자기네를
두고 한 말 같아 속상했지. 견디다 못한 두 아내는 남편
에게 예쁘게 꾸밀 목걸이와 팔찌, 허리띠를 구해 오라고
했어. 착한 남편답게 부키와 루크는 장신구를 찾아 길을
나섰지.

첫 번째 늪에 다다르자 부키는 자리를 잡더니 질퍽한
진흙을 가지고 반죽을 했어. 그리고 여러 가지 크기의
구슬을 빚어서 구멍을 뚫은 다음 쨍쨍한 햇볕에 말렸지.

저녁이 되자 부키는 여러 줄에 꿴 마른 진흙 구슬을 가지고 집으로 돌아와 아내에게 이렇게 말했어.

"자, 여기 당신 목걸이야. 허리띠도 있어. 이건 손목에, 이건 발목에 걸어 봐."

한편 루크는 수풀을 뒤적거리며 사바나를 들쑤시고 다녔어. 이레 동안 아침저녁으로 이리저리 뛰어다니느라 지친 루크는 태양이 너무 뜨거워지자 바오바브나무 밑에 드러누웠지.

"이 나무 그늘은 참 시원하고 좋구나!"

단잠을 자고 난 루크가 기지개를 펴면서 이렇게 말하자,

"내 잎사귀를 먹어 보면 '훨씬 더' 좋을걸?"

바오바브나무가 말했어.

루크가 잎사귀 세 장을 따서 먹어 보더니 맞장구쳤지.

"이거 진짜 맛있는데!"

"내 열매는 그것보다 더 맛있어." 바오바브나무가 말했지.

루크는 끝이 홀쭉한 곤봉처럼 생긴 열매를 따러 나무에 기어올랐어. 달콤한 가루가 덮인 열매를 '원숭이빵'이라고들 불러. 그때까지만 해도 원숭이 골로만 바오바브

나무 열매를 딸 줄 알았고 이기적인 골로는 아무한테도 안 주고 그 맛있는 걸 혼자만 먹었기 때문이야. 루크는 껍질을 깨서 달콤한 가루를 먹어 보았어.

"내가 이 열매를 잔뜩 구할 수만 있다면 내다 팔아 부자가 될 텐데 말이야."

루크가 이렇게 말하자 바오바브나무가 물었지.

"그러니까 네가 바라는 게 금은보화로구나? 내 몸통 속을 들여다 봐."

루크가 주둥이를 들이밀자 금과 보석, 형형색색의 부부와 파뉴가 해와 별처럼 빛나고 있었어. 루크는 감히 꿈도 못 꿔봤던 이 금은보화를 향해 앞발을 뻗었지.

그러자 바오바브나무가 다급히 말했어.

"잠깐만. 이건 내 것이 아니라서 너한테 줄 수 없어. 하지만 오크라밭에 가면 이런 걸 다 갖게 해 줄 수 있는 이를 만날 거야."

오크라밭으로 간 루크는 거기서 도깨비 쿠스를 만났어. 머리카락은 궁둥이까지 늘어졌지만 수염은 하나도 없는 걸 보니 아직 어린 도깨비였지. 게다가 위험한 줄 모르고 훤한 대낮에 오크라밭 한가운데를 쏘다니는 걸 봐도 어린 게 분명했어.

　약간 겁을 먹은 쿠스에게 루크가 먼저 인사를 건네고
나서 말했지.

　"쿠스, 바오바브나무 **구이**가 너에게 가 보래서…"

　"왜 왔는지 알아요."

　루크의 상냥한 말투에 안심한 쿠스가 말했어.

　"이 타마린드나무 구멍으로 저를 따라오세요. 그런데
있잖아요, 우리 집에서 어떤 걸 봐도 절대로 웃으면 안
돼요. 오늘 저녁 우리 아빠가 집에 돌아오시면, 방망이
를 울타리에 세워 놓으려고 하실 거예요. 그런데 되려
방망이가 아빠를 붙잡아 짚으로 된 울타리에 걸어 둘 거

랍니다. 그리고 엄마가 머리에 나뭇단을 이고 돌아오시면, 그걸 바닥에 내던지려고 하실 건데 되려 나뭇단이 엄마를 들어올려 바닥에 내동댕이칠 거예요. 또 엄마가 아저씨께 드리려고 닭 한 마리를 잡을 텐데, 고기는 버리고 대신 깃털을 구워서 대접할 거랍니다. 그래도 아저씨는 놀라지 말고 잠자코 깃털을 드셔야 해요."

루크는 쿠스의 말에 따르기로 약속하고 타마린드나무 몸통에 난 구멍을 따라 내려갔지.

도깨비 쿠스네 집에 갔더니, 정말 쿠스가 루크에게 귀띔해 준 대로 모든 일이 벌어졌어. 루크는 어떤 걸 보고 들어도 결코 놀란 기색을 보이지 않으며 사흘을 머물렀지. 나흘째 되는 날 쿠스가 말했어.

"오늘 저녁에 아빠가 집에 오시면 아저씨한테 바가지 두 개를 보여 주실 거예요. 그러면 아저씨는 둘 중에 작은 걸 고르세요."

집에 돌아온 아빠 도깨비가 루크를 불러 바가지 두 개를 내밀었어. 하나는 큰 것, 하나는 작은 것이었지. 루크가 작은 바가지를 고르자 아빠 도깨비는 이렇게 말했어.

"이제 집으로 돌아가시오. 가서 집에 혼자 있을 때 바가지에 대고 '쿨, 약속을 지켜라!'라고 말하시오. 자, 부디 가는 길이 순조롭기를."

루크는 도깨비 가족에게 감사의 뜻을 표하고 예를 갖춰 인사한 뒤 집으로 돌아왔어.

"쿨, 약속을 지켜라!"

집에 오자마자 루크가 말했지.

그러자 바가지는 갖가지 보석과 장신구, 옷가지로 가득 찼어. 루크는 목걸이며 팔찌며 진주가 달린 허리띠 그리고 짙고 옅은 색색의 쪽빛으로 물들인 부부와 웅갈람의 파뉴를 전부 아내에게 주었어.

이튿날, 햇살에 눈부시게 빛나는 보석으로 치장한 루크의 아내가 우물가에 나타나자, 부키의 아내는 샘이 나 죽을 것 같았지. 눈이 똥그래지고 입이 벌어지더니 결국 기절해 쓰러지고 말았어. 그 바람에 차고 있던 진흙 허리띠와 목걸이, 팔찌가 뭉개졌지. 이웃들이 뼛속까지 흠뻑 젖을 만큼 물을 뿌려 깨우자, 정신이 든 부키의 아내는 곧장 집으로 달려가 남편을 마구 흔들었어. 부키는 이제 막 낮잠에서 깨어나 기지개를 켜며 하품을 하고 있었지.

"이 아무짝에도 쓸모없는 게으름뱅이야!"

부키의 아내는 머리끝까지 화가 나서 마구 소리를 질렀어.

"루크네 아내는 금이랑 진주랑 온갖 보석으로 치장했는데, 당신은 고작 딱딱한 흙덩이밖에 못 구한 거야? 나한테 그 여자랑 똑같은 걸 해 주지 않으면 확 친정으로 가 버릴 테니 알아서 해!"

부키는 온종일 어떻게 보석을 마련할지 머리를 굴렸어. 그리고 석양이 질 무렵, 한 가지 생각이 떠올랐지. 부키는 잘게 씹은 생땅콩으로 왼쪽 볼을 부풀린 다음 루크를 만나러 갔어.

앓는 소리를 하며 부키가 말했지.

"루크, 나 지금 이빨 하나가 끔찍하게 아파. 부탁인데 이 이빨 좀 빼 줘."

"네가 나를 물면 어떡하라고?"

루크는 걱정스러웠지.

"뭐? 내가 너를 문다니? 난 지금 침도 못 삼키는데?"

"흠! 그럼 계속 입을 벌리고 있어. 어떤 건데? 이거?"

송곳니 하나를 만지며 루크가 물었어.

"아…니! 더 안쪽이야."

"그러면 이거?"

"아…니! 좀 더 안쪽이라고."

이 말에 루크가 앞발을 깊숙이 쑥 집어넣자, 부키는

입을 다물고 루크의 발을 세게 물었어.

"부이 야요Vouye yayo(아이고 엄마야)!"

루크가 부르짖었지.

"그 금은보화가 어디서 났는지 말하면 놓아주지."

"이거 놔. 첫닭이 울면 거기로 데려다줄게."

"맹세하지?"

루크의 발을 문 채로 부키가 물었어.

"아버지의 허리띠를 걸고[1] 맹세할게."

루크가 약속했지.

땅이 채 식지도 않은 이른 저녁부터 한숨도 자지 않은 부키는 자리에서 일어나 수탉을 일부러 때리고 와서 루크에게 말했어.

"닭이 울었어!"

루크가 말했지.

"그야 그렇겠지. 하지만 노인들이 잔기침을 하지 않았는걸."

부키는 재빨리 노모에게 달려가 목을 졸라 캑캑거리게 했어.

"노인들도 기침을 했어."

부키가 돌아와 말했지.

"알겠어."

루크는 쉽게 속는 성격이 아니었지만, 그래도 새벽이 되기 전에 일을 끝내는 게 낫겠다고 생각했지. 부키는 자기 말을 들어주지 않으면 밤새도록 물고 늘어질 감당하기 힘든 놈이기 때문이야.

그리하여 이들은 길을 떠났어. 가는 길에 루크는 부키에게 해야 할 것과 해서는 안 될 것 그리고 해야 할 말과 해서는 안 될 말을 알려 주었지. 루크는 부키를 바오바브나무 아래에 데려다준 뒤 다시 잠을 청하러 집으로 돌아갔어.

부키는 잠시 앉았다가 잠깐 눕더니 바로 일어나서 나무에게 말을 걸었어.

"네 그늘은 아주 시원하다지. 이파리는 맛이 좋고 열매는 아주 달콤하다고 하더군. 그런데 나는 배도 안 고프고 해가 뜨거워질 때까지 여기서 기다릴 시간이 없어. 나한텐 그보다 더 중요한 일이 있거든. 네 몸통 속에 있지만 네 것이 아니라고 하는 금은보화 있잖아. 그냥 그런 걸 나한테 줄 놈을 어디 가면 만날 수 있는지만 알려 줘."

바오바브나무는 부키에게 오크라밭을 알려 주었어.

밭으로 간 부키는 거기서 한낮이 될 때까지 꼬마 도깨비가 오기를 기다렸지. 마침내 쿠스가 나타나자, 부키는 쿠스에게 주먹을 휘두르며 협박했어. 쿠스는 자기 집에서 보게 될 일에 대해 비웃거나 놀라서는 안 된다고 알려 주면서 타마린드나무 구멍으로 부키를 데리고 갔지.

부키는 도깨비네 집에서 사흘간 머무르는 동안, 고기는 버리고 깃털을 먹는 건 한 번도 본 적이 없다는 말을 시작으로 보는 것마다 비웃어 댔어.

"세상에!"

부키는 끊임없이 매번 놀라워했지.

"이런 건 태어나서 한 번도 본 적도 들은 적도 없어!"

오크라밭에서 부키에게 맞았던 일을 잊지 않은 쿠스는 이 막돼먹은 놈에게 어떤 바가지를 골라야 하는지 말해 주지 않았어. 설령 말해 줬더라도 부키는 귓등으로 들었을 게 뻔하지. 루크가 작은 바가지를 고르라고 알려 줬을 때도 왜 그래야 하는지 의심하면서 루크가 자기보다 멍청하다고 생각했거든. 바가지가 커야 금은보화를 더 많이 가질 수 있는 건 당연한 이치 아닌가? 누굴 바보로 아나!

나흘째 되는 날, 아빠 도깨비가 바가지 두 개를 보여

주며 하나를 고르라고 했을 때, 부키는 큰 것을 잡고 나서 집으로 돌아가겠다고 했어.

"집에 도착하면, 바가지에 대고 이렇게 말하시오. '쿨, 약속을 지켜라!'"

부키는 감사의 말을 하는 둥 마는 둥 하더니 인사도 없이 가 버렸어.

집에 오자마자 부키는 일단 바깥 사립문을 잠그고 그 앞에 큰 통나무를 받쳐 놓았지. 그리고 조를 빻던 아내와 아이들에게 절구나 공이, 냄비 등 눈에 띄는 건 뭐든지 방문 앞에 쌓아 두라고 시킨 다음 방 안으로 들어갔어.

"무슨 일이 있어도 날 방해하면 안 돼!"

부키는 굳게 닫힌 문에 대고 소리친 뒤 바닥에 바가지를 내려놓았지.

"쿨, 약속을 지켜라!"

그러자 바가지에서 팔뚝만 한 두께에 다섯 척은 되어 보이는 기다란 몽둥이가 불쑥 튀어나오더니 부키를 마구 때리기 시작했어. 부키는 도망치고 울부짖고 방 안 여기저기에 부딪히며 한참 동안 출구를 찾으려 애썼고 몽둥이는 쉴 새 없이 부키의 등과 허리로 달려들었지. 겨우 문이 열리자 부키는 절구와 공이, 냄비를 마구 뒤

집어엎고서 아내와 아이들을 밀치고 필사적으로 사립문에 달려들었어. 그 와중에도 몽둥이는 무자비한 매질을 멈추지 않았지. 무거운 통나무를 치우고 사립문을 부수고 나서야 마침내 부키는 덤불숲으로 달아날 수 있었어.

그때부터 하이에나 부키는 보석은커녕 옷에도 관심을 끊게 되었지.

아버지의 유산

온화한 하루가 저물고 있었어. 그 모습은 마치 평안하고 순수하며 노동과 지혜, 덕행으로 충만했던 삼바 노인의 인생과 같았지.

밤을 실어 온 혼령은 타마린드나무 꼭대기에서 오래도록 머물러 있었어. 노인의 영혼을 조상들이 있는 곳으로 데려가려고 쇠약한 육신에서 영혼이 날아오르기만을 기다렸던 게지. 노인의 거처를 둘러싼 집들은 마치 겁먹은 병아리 떼처럼 웅크리고 있었고, 집안에서는 부인들과 자손들 위로 무거운 침묵이 내려앉았지. 그저 불에 던져진 나뭇가지만이 타닥거리면서 그날의 마지막 소리에 응답했어. 이웃집 절굿공이도 절구통 아래에서 숨을 죽이고 있었지.

오랜 세월 낮이면 따뜻해지고 새벽이면 차가워졌던 삼바의 팔다리에 더는 온기가 돌지 않았어. 불씨가 꺼져 가는 화덕 가까이에서 선하게 살아온 삼바의 생명도 꺼져가고 있었지. 삼바는 어떤 행동이나 말로도 인류를 낳은 어머니이자 만물을 먹여 살리는 대지의 심기를 상하게 하거나 거스르지 않으며 살아왔거든. 그런 삼바가 이제 대지의 품으로 돌아가려는 게지. 그의 마지막 침상을 세 아들 모마르와 비람, 무사가 지키고 있었어. 사경을 헤매던 삼바는 팔을 들어 초가지붕에 매달린 자루 세 개를 가리켰지. 아들 셋 모두 자루를 하나씩 집어 들자, 삼바의 팔이 툭 떨어졌고 그의 영혼은 산 자들의 집에서 나와 망령들의 나라로 떠났어.

⋙

삼바의 장례는 그의 인생처럼 풍요롭고 위엄 있었어. 장례는 한 달 동안 치러졌고 매일 아침 황소 세 마리를 제물로 바쳤지. 긴 애도 기간이 끝나서야 모마르와 비람, 무사는 아버지가 물려준 자루 안에 무엇이 들어 있는지 봐야겠다는 생각이 들었어.

가장 가벼운 비람의 자루에는 밧줄 토막이 여러 개 들어 있었고, 가장 무거운 무사의 자루에는 금덩이와 금가루가 가득했어. 그리고 모마르가 집었던 세 번째 자루에는 모래가 들어 있었지.

"아버지는 우리를 똑같이 사랑하셨는데 막내인 내게 이렇게 많은 금을 주고 싶어 하셨다는 게 이해가 안 돼." 무사가 말했어.

"나도 모르겠어. 장남인 나에게 겨우 모래 한 자루밖에 남기지 않으셨다니. 비람 넌 밧줄 토막뿐이잖아." 모마르가 말했지.

"아버지는 어느 누굴 딱 집어서 이건 네 것이고, 저건 네 것이라고 남겨주신 게 아니야. 그냥 우리에게 자루를 보여 주셨을 뿐인데 우리가 아무거나 골랐던 거지. 아버지가 조상의 부름에 황급히 떠나시느라 시간이 없어서 우리에게 해 주지 못한 말씀이 있을 거야. 그것이 무엇인지 알아내야 해. 마을 어르신들을 만나러 가 보자. 어쩌면 그분들이 말해 주실지 모르지." 비람이 말했어.

세 형제는 마을의 정자나무로 갔지. 나무 그늘에서 노인들이 담소를 나누고 있었어. 그러나 매우 지혜로운 노인들도 삼바가 죽기 직전에 무엇을 말하려 했는지 설명해 주지 못했어. 노인들은 세 형제에게 응가뉴 마을로 가보라고 했고, 응가뉴의 노인들은 니안 마을로 가 보라고 조언했지. 니안에서 가장 나이 많은 노인이 말했어.

"자네들의 아버지가 이 자루 세 개를 통해 무엇을 말하고 싶었는지 모르겠네. 게다가 이 나라에서 해가 뜨고 달이 차고 기우는 것을 가장 많이 지켜본 사람이 바로 난데, 누가 또 자네들에게 아버지의 속뜻을 말해 줄 수 있는지도 모르겠군. 헌데, 옛날 내가 어렸을 적에 우리 할머니의 할머니가 쾜 탄에 대해 말하는 걸 들은 적이 있다네. 그 사람은 모르는 게 없다더군. 쾜 탄을 찾아가보게. 순탄한 여행길이 되길 바라네."

여행에 길한 날인 금요일에 무사와 비람, 모마르는 백마의 고삐를 풀고 쾜 탄을 찾으러 마을을 떠났지.

세 형제는 이레 동안 사바나와 늪, 들판과 강을 지났어. 여드렛날 새벽, 오솔길에서 멧돼지 음밤알을 만났지. 물론 형제는 오래전부터 음밤알을 잘 알고 있었고 수차례 다투기도 했어. 이 녀석은 형제의 옥수수밭이나 고구마밭을 자기 땅인 것처럼 함부로 했던 놈이지 않나! 헌데 지금 눈앞에 나타난 음밤알의 괴상한 꼴이라니! 이런 모습은 생전 처음 보는 것이었고, 어쩌면 월로프족의 시조인 은디아디안 은디아이 이래, 태초 이래 처음일 것이며, 인간의 시조인 아다마 은디아이의 후손도 처음 보는 것일 테지.

그러나 물음에 답해 줄 자가 없다면 남자는 놀라서도, 놀란 마음을 드러내서도 안 되는 법이지. 커다란 붉은색 부부를 입고 양쪽 끝이 뾰족한 흰 모자를 쓰고 노란 가죽신을 신은 음밤알은 콜라 열매보다 더 굵은 알로 엮은 묵주를 굴리고 있었지. 이 모습을 보고 세 형제는 그저 이렇게 생각할 뿐이었어. '쿠 야그 뎀 야그 기스Kou yague dème yague guisse(여행이 길어지니 별걸 다 보는군).'

그리고 그들은 가던 길을 계속 갔지.

이레가 일곱 번 지나는 동안 세 형제는 숲과 사바나, 늪과 들판을 지나서 해가 뜨는 쪽으로 나아갔어.

태양은 머리 위에 걸리고 그림자는 나무 아래와 백마의 배 밑으로 피할 곳을 찾고 있었지. 그때 세 형제는 침을 흘리며 매애매애 울어 대는 숫염소 **디아할로르**를 봤어. 염소는 흰개미집이 절반이나 차지한 타마린드나무 그루터기와 씨름하고 있었어. "여행이 길어지니 별걸 다 보는군." 세 형제는 이렇게 말하고 다시 길을 나섰지.

큰 강을 건넌 지 여러 날이 지나고 나니, 보이는 나무

들은 아침마다 키가 줄고 풀들은 날이 갈수록 드문드문
해지고 누레졌어. 세 형제는 진흙탕 웅덩이 옆에 있는
투실투실한 황소 한 마리를 보았지. 아버지의 장례 첫날
에 제물로 바쳤던 제일 좋은 소도 이 황소에 비하면 태
어난 지 두 달밖에 안 된 송아지로 보일 정도였어. 그런
데 황소의 몸은 곪은 종기투성이였어.

"여행이 길어지니 별걸 다 보는군."

또 이렇게 말하고 세 형제는 가던 길을 계속 갔어.

하늘은 일찌감치 얼굴을 말끔히 씻었고 수탉은 인간
들이 사는 땅에서 벌써 두 번 울었지.

커다란 수박 같은 태양은 새로운 하루를 시작하려 안
달하는 손에 이끌려 지평선을 잠깐 스쳤다가 순식간에
형제들 앞에 떠올랐어.

끝없이 펼쳐진 초원에 다다른 것은 바로 그즈음이었
지. 풀은 이슬의 무게로 고개를 숙였고 어린 냇물은 벌
써 일어나 아옹다옹 숨바꼭질을 하고 있었어. 태양은 아
침 햇살로 이슬을 쓸어내며 청소했지. 세 형제의 말들은
목이 마르고 배가 고팠지만 가장 맑은 시냇물도 담즙처
럼 썼고 가장 푸른 풀도 재처럼 썼어. 초원 한가운데에
는 암소 한 마리가 축 늘어진 뱃가죽을 풀에 스치며 서

있었는데 가죽이 너무 얇아서 속이 비칠 정도였지.

"여행이 길어지니 별걸 다 보는군."

세 형제는 다시 이렇게 말하고 가던 길을 계속 갔어.

태양은 하루 일을 마치고 서둘러 집으로 돌아가고 있었지. 세 형제의 키보다 점점 길어진 그림자는 아직도 뜨거운 모래 위에서 씁쓸한 맛이 나는 푸른 초원의 다음 여정을 가리키고 있었어. 그때 풀 한 포기 없이 헐벗고 황량한 땅 한가운데서 또 다른 암소 한 마리를 발견했지. 암소 옆에는 어린아이의 팔로 한 아름밖에 안 되는 풀더미와 어른 손바닥 하나로 가릴 수 있는 작은 웅덩이가 있었어. 말들이 실컷 목을 축이고 풀을 뜯었는데도 꿀처럼 달콤한 물은 마르지 않았고 맛 좋은 풀도 줄어들지 않았지. 게다가 그 암소는 어찌나 기름지게 살이 쪘는지 석양빛에 온몸이 황금처럼 빛나고 있었어.

"여행이 길어지니 별걸 다 보는군."

세 형제가 또다시 이렇게 말하고 가던 길을 계속 갔어.

그들은 그렇게 사흘이 세 번 지나는 동안 계속해서 걸었지. 열흘째 날, 깨어나 보니 형제들 앞에 다리가 세 개밖에 없는 암사슴 한 마리가 있었어. 암사슴은 형제들을 비웃기라도 하듯 다가가면 달아났고 멀어지면 멈춰 섰지. 세 형제는 모두 말에 올라타 암사슴을 쫓기 시작했어. 석양의 붉은빛이 사라질 때까지 쫓아갔지만 결국 사슴은 시야에서 사라지고 말았어. 그런데 갑자기 세 형제 앞에 지평선에 술 장식을 두른 것처럼 집들이 뾰족뾰족 솟아 있는 마을 하나가 나타났지.

"어디로 가시오?" 마을 어귀에서 몹시 늙은 어떤 여인이 물었어.

"쿔 탄을 찾아가고 있습니다." 형제들이 말했지.

"잘 찾아오셨구려. 바로 여기가 우리 할아버지 쿔 탄의 집이오. 마을의 타마린드나무 아래로 가 보게들, 거기 가면 만날 수 있을 테니." 노파가 말했어.

타마린드나무 아래로 가 보니 석양이 지고 있는데도 아이들이 놀기 시작했지. 인간들이 사는 마을에서는 밤의 시작을 알리는 해 질 무렵이면, 어스름한 시간에 떠돌아다니기 시작하는 악한 정령과 혼령이 어린아이와 마주치지 못하도록 부모들이 자식들을 집안으로 들여보내거든. 자연이 살아 움직이고, 짐승이 모습을 드러내서 사냥하며, 죽은 자가 일하는 때가 바로 밤이야. 태양은 눈부신 빛으로 진짜 삶을 숨기지만, 살아 있는 자들은

가끔 잠에서 벗어나서 다른 세계를 목격하기도, 경험하기도 하지.

세 형제는 쳄 탄이 누구인지 물었어. 가장 어린아이가 놀다 말고 와서 그들에게 말했지.

"내가 쳄 탄이오."

✕≪≪

"자네들의 조상과 그 조상의 조상들이 아버지를 데리고 이곳을 지나갔네. 태양이 매일같이 주워 모은 자네들아버지의 선행도 같이 가지고 갔지. 그러니 자네들이 무엇 때문에 나를 찾아왔는지 알고 있네. 허나 내가 말하기 전에, 기나긴 여정 동안 자네들이 보았던 기이한 것들을 먼저 말해 보게." 켐 탄이 말했어.

"저희는 옷을 차려입고 묵주기도를 하는 멧돼지 음밤알을 만났습니다." 모마르가 말했지.

"그건 왕좌가 없는 왕의 모습이라네. 쫓겨난 왕은 마라부가 되지. 신앙에 파묻혀 잃어버린 권위를 종교에서 찾으려는 것이야. 그의 굵은 묵주와 커다란 모자, 요란한 부부 차림은 많은 사람에게 경외심을 갖게 만들지. 그는 과거에 누린 영광이 전부 사라진 건 아니라고 믿고 있다네. 왜냐하면, 사람들이 아직도 그에 대해 말하고 그를 떠받들기 때문이지. 그의 신앙심은 겉모습에 지나지 않아. 그에게 왕좌를 돌려주면 기도 따윈 잊고 말 거야. 왕은 종교를 믿지 않거든."

"지희는 숫염소 디아할로르가 땡볕에서 그루터기와 씨름하는 것을 보았습니다." 무사가 말했어.

"그건 자기보다 훨씬 나이 많은 여자랑 결혼한 젊은 남자의 모습이라네. 열매도 맺지 못할 어리석은 짝짓기를 하느라 시간만 허비하지. 이런 걸맞지 않은 부부 사이에선 좋은 열매가 나올 수 없어. 여자는 그루터기 **우크**처럼 영원히 아이를 낳을 수 없을 테니, 남자는 스스로 자기 후손을 죽이는 셈인 게지." 켐 탄이 답했지.

"저희는 어느 황량한 곳에서 온몸이 종기로 뒤덮였는데도 아주 기름진 황소 한 마리를 봤습니다." 비람이 말했어.

"흙탕물 웅덩이에서 초라하기 짝이 없는 풀밭까지 가는 데 사십 일이 걸리고, 다시 물을 마시러 돌아오는 데 사십 일이 걸리지. 그런데도 여전히 기름진 그 황소는 바로 마음이 넓은 사람, 덕이 있는 사람, 신의가 있는 사람, 고된 노동과 근심과 고통에도 뒤로 물러서지 않고 용기가 꺾이지 않는 사람이라네. 그건 온갖 악행과 욕설에도 굴하지 않고 한결같이 자기의 성품을 유지하는 사람이지. 악행과 욕설은 그저 종기처럼 피부만 건드리거든."

"저희는 여태까지 본 것 중 가장 아름다운 초원에서 여태까지 본 것 중 가장 마른 암소를 봤습니다."

"그건 부유한 남편과 살면서도 악독한 아내, 냉혹한 여자의 모습이라네. 독살스럽고 이기적인 성격 때문에 자신이 가진 풍족함을 누리지 못하면서 아무런 인정도

베풀지 않지. 물이 가득했어도 쓰디써서 자네들의 말은 마실 수가 없었고, 풀도 담즙을 뿌린 듯 써서 먹을 수가 없었네. 진심 없이 만든 음식을 기쁘게 먹는 사람은 아무도 없어. 베푸는 사람은 더 훌륭해지고 베풀 줄 모르는 사람에겐 행운이 오지 않는다네." 켐 탄이 말했어.

"그리고 저희는 아무리 먹고 마셔도 줄지 않아 보이는 작은 풀더미와 웅덩이 근처에서 매우 살찐 암소 한 마리를 봤습니다."

"그것은 마음이 넓은 현모양처의 모습이라네. 집안의 재산이 아주 적을지 모르나 그에 만족하며, 문턱을 넘는 이들에게 자기 몫을 나눠주는 여자이지."

"저희는 다리가 세 개밖에 없는 암사슴을 쫓아갔지만 헛수고였습니다."

"그 암사슴은 인간이 사방을 누비며 뒤쫓는 세상이고 인생이라네. 인생은 불완전하고 덧없으며 냉혹하지. 어떤 것도 인생을 멈춰 세울 수 없고 어떤 것도 인생을 붙잡을 수 없지. 근심의 날들은 빨리 가라 재촉할 수 없고, 기쁨의 날들은 가지 말라 붙잡을 수 없이 흘러간다네. 그렇게 인간은 조상의 부름이 있을 때까지 세 발 달린 암사슴 뒤를 쫓는 게지.

자네들의 아버지 삼바는 뜻 모를 충고를 남겨 놓고 떠나갔군. 허나 자네들의 자루엔 이미 봤다시피 풀어야 할 수수께끼 같은 건 없다네.

무사, 자넨 아버지의 유산으로 운 좋게도 금을 전부 물려받았지. 허나 자네는 먹을 수도 없는 금으로 무엇을 할 텐가? 만일 형들이 유산을 자네와 나누자고 하면 아버지의 집에 모든 게 다 있는데 무엇을 더 바랄 텐가? 왜냐하면 모마르 자네는 원한다면 자네 땅 위에 지어진 모든 것과 밭에서 자라는 모든 것을 가질 수 있고, 비람 자네는 밧줄로 묶을 수 있는 모든 것과 소와 당나귀, 말 같은 가축 떼를 모두 가질 수 있는데 말이지.

자네들이 이미 가진 것을 왜 굳이 다른 곳에서 찾으려 하는 건가?

이제 집으로 돌아가 진짜 재물을 본뜬 형상만 담고 있는 자루는 다시 매달아 놓게나. 무사, 자네의 금은 모마르의 모래와 비람의 밧줄보다 그 의미가 더하지도 덜하지도 않다네. (말이 굴레를 썼다고 준마가 되는 것이 아닌 것처럼 자네 아내들이 목걸이와 팔찌를 했다고 더 좋은 아내가 되는 것은 아니지.)

집으로 돌아가 자루를 다시 매달아 놓게. 그리고 눈으

로 보고, 귀로 들은 것을 전부 잊지 말고 아버지가 하던 일을 계속하게."

×«

이것이 바로 나이 많은 여자와 결혼한 어떤 젊은 남자를 만났던 날 저녁에 아마두 쿰바가 내게 해 준 이야기였다.

20

사르장

수북이 쌓인 폐허는 흰개미집과 분간되지 않았다. 모
진 날씨에 금이 가고 누레진 타조알 껍데기[1] 하나만이
높은 기둥 끝에서 그곳이 알 하지 우마르El Hadj Omar Tall[2]
의 전사들이 세운 이슬람 사원의 미흐랍[3]이 있던 자리라
고 알려 줄 뿐이었다. 투쿨뢰르족 정복자 알 하지 우마
르는 마을 남자들의 땋은 머리를 자르고 삭발할 것을 명
했고, 이슬람법을 거역하는 이들의 목을 베게 했다. 세
월이 흘러 그 시대를 살았던 이들의 자식은 마을 최고령
자가 되었다. 노인들은 이제 예전처럼 머리를 땋아 내린
다. 광신도 탈리베들이 불태워 버린 신성한 숲은 오래전
부터 다시 자라나, 좁쌀죽으로 하얗게 물들거나 제물로
바친 닭과 개의 굳은 피로 갈색으로 물든 항아리와 같은

아마두 쿰바의 옛이야기

제례祭禮 용품을 여전히 보호하고 있다.

도리깨질에 잔가지 떨어지듯, 물오른 나뭇가지 끝에 열매가 익듯, 두구바 마을에서 떨어져 나온 사람들은 조금 멀리 떨어진 곳에 두구바니라는 작은 촌락을 이루었다. 마을 청년들은 세구, 바마코, 카이, 다카르 같은 도시로 일자리를 찾아 떠나거나 세네갈 땅콩밭에 가서 땅콩을 수확하고 거래까지 마친 후 돌아오기도 했다. 두구바를 떠난 후에도, 이슬람 무리가 남긴 모든 흔적을 지우고 조상의 가르침을 다시 이어 나간 그곳에 항상 자신의 뿌리가 있다는 것을 누구나 알고 있었다.

두구바에서 누구보다도 더 멀리, 더 오래 떠나 있던 아이가 있었다. 바로 티에모코 케이타였다.

그 아이는 두구바를 떠나 식민 구역 소재지로, 그곳에서 말리의 카티로, 카티에서 세네갈의 다카르로, 다카르에서 모로코의 카사블랑카로, 카사블랑카에서 프랑스의 프레쥐스로, 그다음에는 시리아의 다마스로 옮겨 다녔다. 티에모코 케이타는 프랑스령 수단에서 일개 보병이었지만, 세네갈에서 훈련을 받고 모로코에서 전쟁에 나갔으며, 프랑스에서 보초병으로 있다가 시리아에서 정찰병이 되었다. 이후 중사가 된 케이타는 나와 함께 두구바로 돌아가게 되었다.

프랑스령 수단의 중심부에 있는 식민 구역을 순회하던[4] 나는 행정관 사무실에서 케이타 중사를 만났다. 갓 전역한 그는 식민지 구역 경비대나 통역 부서에 지원하고자 했다.

"아니."

식민지 구역 사령관이 말했다.

"자네는 고향으로 돌아가는 편이 군 행정에 더 도움이 될 걸세. 그동안 숱한 곳을 다니며 본 것이 많을 테니 고향 사람들에게 백인들이 사는 방식을 좀 가르치게. 그들을 좀 '문명화'시키라는 말이지."

그러고는 나를 향해 말을 이었다.

"선생님, 마침 그 방향으로 가신다니 여기 케이타 중사도 데려가시지요. 그러면 중사도 여독이 덜할 테고 시간도 벌 수 있겠지요. 그 촌구석에서 나온 지 벌써 십오 년이나 됐다는군요."

그렇게 우리는 함께 길을 떠나게 되었다.

소형 트럭 앞좌석에 운전사와 케이타, 내가 앉았고 짐칸에는 조리도구 상자와 간이침대, 혈청과 백신 상자를 싣고, 그 사이사이로 조리사와 간호사, 보조 운전사와 경비병이 끼어 앉았다. 가는 동안 케이타 중사는 병사 시절부터 부사관 시절까지의 이야기를 들려주었다. 흑인 식민지 보병으로서 겪은 리프 전쟁과 프랑스의 마르세유와 툴롱, 프레쥐스 그리고 레바논의 베이루트에 관한 이야기였다. 그동안 우리 눈앞에 펼쳐진 길은 부러진 나뭇가지와 진흙으로 뒤덮여 양철 지붕처럼 울퉁불퉁했고 찌는 듯한 열기와 심한 가뭄 때문에 점점 더 먼지투성이가 되었다. 끈적끈적한 작은 먼지들이 노란 가면처럼 얼굴에 달라붙었고 입안에서도 서걱서걱 먼지가 씹혔다. 깩깩거리는 개코원숭이와 폴짝거리는 겁쟁이 암사슴은 트럭이 일으킨 먼지바람 속에 자취를 감추었다. 그러나 케이타는 이 모든 것을 보지 못하는 것 같았다. 숨 막히게 타오르는 먼지 안개 속에서 모로코 페스의 이슬람 사원 첨탑을, 마르세유의 운집한 군중을, 프랑스의 높고 거대한 건축물을 그리고 너무나도 파랗던 바다를 다시 보는 것만 같았다.

정오에 우리는 마두구 마을에 다다랐다. 그곳에서부

터는 길이 나 있지 않아서 해가 지기 전에 두구바에 도착하기 위해 말과 짐꾼을 구했다.

"나중에 다시 오게 되면 두구바까지 버스나 차를 타고 올 수 있을 거요."

케이타가 말했다.

"내일부터 당장 길을 내게 할 테니까."

탐탐 소리가 어렴풋이 들려오는 것을 보니 마을이 가까워진 모양이었다. 이윽고 연회색 하늘을 배경으로 진회색 야자나무 세 그루를 머리에 인 회색빛 집채들의 윤곽이 드러났다. 피리가 세 개의 음을 내자 탐탐은 피리의 날카로운 선율을 보조하며 낮게 깔렸다. 어스름 빛이 야자나무 꼭대기를 스쳐 가고 있었다. 마침내 두구바에 도착한 것이다. 제일 먼저 말에서 내린 나는 촌장님을 뵙기를 청했다.

"두구-티구이Dougou-tigui(촌장님), 여기 촌장님 아들 케이타 중사가 왔습니다."

티에모코 케이타는 말에서 뛰어내렸다. 땅에 내딛는 그의 군화 소리가 마치 신호인양 탐탐이 멎고 피리도 잠잠해졌다. 촌장은 케이타의 두 손을 잡았고 다른 노인들은 팔과 어깨, 훈장을 매만졌다. 헐레벌떡 달려온 노파들은 무릎을 꿇고 케이타의 다리에 감긴 각반을 어루만졌다. 노인들의 잿빛 얼굴에 패인 칼자국 문신이 지나간 주름 사이로 눈물이 반짝였다. 모두 그의 이름을 불렀다.

"케이타! 케이타! 케이타!"

촌장이 떨리는 목소리로 말했다.

"이분들, 오늘 네 발길을 다시 마을로 이끌어 주신 이분들은 참으로 어질고 선하시구나."

그날은 두구바의 여느 날과 달리 실로 특별한 날이었다. 바로 인내심을 시험하는 코테바의 날이었다.

탐탐이 다시 울리기 시작했고 날카로운 피리 소리가 북소리를 뚫고 나왔다. 여자와 어린아이, 나이 든 남자들이 만든 원 안에서 웃통을 벗은 청년들이 긴 발라잔[5] 나뭇가지를 손에 들고 탐탐 박자에 맞춰 돌고 있었다. 잎을 떼어 낸 나뭇가지는 청년들의 손에서 채찍처럼 유연하게 휘어졌다. 빙글빙글 돌고 있는 청년들의 한복판에서 피리 연주자가 팔꿈치와 무릎을 땅바닥에 대고 세 개의 음을 끝없이 반복하고 있었다. 한 청년이 다가와 피리 연주자 위로 다리를 벌리고 서서 양팔을 좌우로 뻗자, 다른 청년들이 그 옆을 가까이 지나가며 나뭇가지

채찍을 휘둘렀다. 청년의 상반신에 채찍이 떨어지면 엄지손가락 크기만큼 살이 부풀어 올랐고 때로 살점이 떨어져 나가기도 했다. 날카로운 피리음이 한 단계 높아지자 탐탐 소리는 더 낮게 깔렸고 채찍은 휙휙 소리를 냈고 피가 흘러내렸다. 장작과 마른 가지로 지핀 모닥불의 불빛이 산들바람에 바스락거리는 야자나무 꼭대기까지 훤히 밝히며 흑갈색 몸 위로 흘러내리는 피에 어른거렸다. 코테바! 인내심을 시험하라. 고통을 이겨 내라. 다쳤다고 우는 아이는 한낱 아이일 뿐이며 아프다고 우는 아이는 진정한 남자가 될 수 없을지니!

코테바! 등을 내밀어 채찍을 받아 내고 뒤돌아서 되받아쳐라, 코테바!

"아직도 이런 미개한 짓이라니!"

말소리에 뒤를 돌아보니 케이타 중사였다. 어느새 탐탐이 울리는 이곳으로 와 있었다.

미개한 짓일까? 이 시험은 무엇보다도 강한 남자, 거친 남자를 만들어 낸다! 이런 과정을 거쳤기에 이 청년들의 선배들이 엄청난 짐을 머리에 지고 며칠이나 걸을 수 있었던 것이다. 또한 그 덕분에 티에모코 케이타뿐만 아니라 그와 같은 청년들도 태양조차 자주 시들시들하던 잿빛 하늘 아래서 등에 배낭을 짊어진 채 추위와 갈증, 배고픔을 참아 내며 용감하게 싸웠던 것이다.

미개한 짓일까? 그럴지도 모른다. 우리 고향에서는 첫 번째 성인식뿐만 아니라 할례받은 아이들이 가는 '남자의 집'도 이젠 존재하지 않는다는 사실이 떠올랐다. 몸과 마음과 인격을 단련했던 그곳, '남자의 집'에서 우리는 둥글게 등을 말거나 손가락을 내밀어 매를 맞아 가며 이중의 의미를 담은 수수께끼인 파신을 배웠고, 뜨거운 숯불에 손바닥을 데어 가며 까마득한 밤으로부터 온 단어와 구절로 이루어진 암송 훈련 노래인 카사크를 머릿속에 집어넣었다. 그렇게 옛것은 사라져 갔지만, 우리는 여전히 아무것도 얻은 게 없다는 생각이 내 머릿속에 떠올랐다. 어쩌면 우리는 새것에 가까이 가지도 못한 채 옛것을 지나쳐 버린 것은 아닐까.

날카로운 피리 소리를 보조하며 탐탐이 계속 울리고 있었다. 불은 사그라들다 다시 일었다. 나는 마을에서 마련해 준 집으로 돌아왔다. 비가 와도 끄떡없도록 잘게 잘라 묵힌 짚을 진흙과 반죽한 후 말려 만든 방코로 된 집 안에서는 짙은 방코 냄새와 좀 더 미묘한 냄새, 바로 죽은 자들의 냄새가 뒤섞여 떠돌고 있었다. 벽에서 사람 키 높이 정도에 꽂힌 뿔 세 개가 죽은 사람의 수가 셋이라는 것을 나타내고 있었다. 왜냐하면 묘지를 없앤 두구바에서는 죽은 자도 계속해서 산 자와 함께 살아가기 때문이다. 그렇다. 죽은 자는 바로 집 안에 묻혔던 것이다.

다음 날 내가 귀로에 올랐을 때, 태양은 벌써 뜨거워지기 시작했지만 두구바는 피로와 돌로dolo(좁쌀로 빚은 술이 든 바가지가 손에서 입으로, 입에서 손으로 밤새 오고 갔다)에 취해서 아직 잠들어 있었다.

"안녕히 가시오."

케이타가 말했다.

"다시 이곳에 올 땐 길이 나 있을 것이오. 약속하겠소."

>+«

다른 지구地區와 다른 식민지 구역의 일 때문에 내가 두구바로 되돌아간 것은 1년이 지난 후였다. 후덥지근한 날의 오후가 끝나갈 무렵이었다. 우리는 숨이 턱턱 막히는 끈적하고 뜨거운 공기덩어리를 어렵사리 헤치며 나아갔다.

케이타 중사는 약속을 지켰다. 두구바까지 길이 난 것이다. 자동차 소리가 들려오자, 다른 마을에서도 그랬던 것처럼 발가벗은 몸에 회백색 먼지를 뒤집어쓴 아이들이 길 끄트머리에서 나타났고 귀가 짧게 잘리고 갈비뼈가 튀어나온 적갈색 개들이 뒤따라왔다. 그리고 아이들 한가운데에는 이리저리 손짓하며 오른 손목에 묶인 암소 꼬리를 흔드는 한 남자가 서 있었다. 잠시 후 차가 멈췄을 때 나는 개와 아이들이 둘러싼 남자가 바로 티에모코 중사라는 것을 알 수 있었다. 그는 단추도 계급장도 없이 색 바랜 군복 상의 아래, 마을 노인들처럼 부부와 누런 갈색 바지를 입고 있었고, 무릎 위까지 오는 바지는 가느다란 끈으로 아랫단이 묶여 있었다. 다리에 찬 각반은 넝마였고, 군모는 썼지만 맨발이었다.

나는 그에게 손을 내밀며 말했다.

"케이타!"

"아이Ayi! 아이!" (안 돼요! 안 돼요!)

붉은머리참새 떼처럼 아이들은 이렇게 재잘거리며 흩어졌다.

티에모코 케이타는 내 손을 잡지 않았다. 나를 보고 있었지만 내가 보이지 않는 것 같았다. 그의 시선은 내

눈을 통과해 굉장히 먼 곳을 바라보는 듯했고 대체 그가 무엇을 보고 있는지 궁금해진 나는 뒤를 돌아볼 수밖에 없었다. 그때 갑자기 암소 꼬리를 흔들며 그가 쉰 목소리로 외치기 시작했다.

더 자주 귀 기울여 보라
살아 있는 것보다 사물에게
불의 목소리가 들리네
물의 목소리도 들리네
바람이 실어오는 소리에 귀 기울여 보라
덤불의 흐느낌이 들리네
그것은 조상들의 혼령이지

"완전히 파토fato네요(미쳤네요)."
운전사가 말을 꺼내자 나는 그의 입을 막았다. 케이타 중사는 계속해서 외쳐 댔다.

죽은 자는 결코 떠나지 않네
옅어지는 그림자 속에
짙어지는 그림자 속에 머무네

죽은 자는 땅속에 없네

부르르 떠는 나무 속에

구슬피 우는 숲속에

흐르는 물속에

고요한 물속에

집 안에 그리고 군중 속에 머무네

죽은 자는 죽지 않는다네

죽은 자는 결코 떠나지 않네

여인의 품속에

우는 아이 속에

피어오르는 불꽃 속에 머무네

죽은 자는 땅속에 없네

사그라지는 불 속에

구슬피 우는 바위 속에

흐느끼는 풀잎 속에

숲속에 그리고 집 안에 머무네

죽은 자는 죽지 않는다네

더 자주 귀 기울여 보라

살아 있는 것보다 사물에게

불의 목소리가 들리네

물의 목소리도 들리네

바람이 실어오는 소리에 귀 기울여 보라

덤불의 흐느낌이 들리네

그것은 조상들의 혼령이지

죽은 조상의 혼령은

떠난 적 없고

땅속에 없고

죽지 않았지

더 자주 귀 기울여 보라

살아 있는 것보다 사물에게

불의 목소리가 들리네

물의 목소리도 들리네

바람이 실어오는 소리에 귀 기울여 보라

덤불의 흐느낌이 들리네

그것은 조상들의 혼령이지

혼령은 매일 약속을 되뇌지

우리를 속박하는 커다란 약속을

우리의 운명을 법칙에 얽매고

더 강한 혼령의 행위에 얽매는 그 약속을 되뇌지

무거운 약속은 우리를 삶에 얽매고

무거운 법칙은 우리를

죽어가는 혼령의 행위에 얽매네

그것은 죽지 않은 죽은 자들의 운명이지

강물이 흐르는 언저리에서 그리고 강기슭에서

혼령은 살아가네

구슬피 우는 바위 속에서 흐느끼는 풀잎 속에서

혼령은 살아가네

옅어지는 그림자 속에서 짙어지는 그림자 속에서

부르르 떠는 나무 속에서 구슬피 우는 숲속에서

흐르는 물속에서 고요한 물속에서

더 강한 혼령들이 붙들었네

죽지 않은 죽은 자들의 혼령을

떠나지 않은 죽은 자들의 혼령을

땅속에 없는 죽은 자들의 혼령을

더 자주 귀 기울여 보라

살아 있는 것보다 사물에게…

나이 든 촌장과 노인들이 아이들에게 둘러싸여 나타
났다. 인사를 마치고 나는 케이타 중사에게 대체 무슨
일이 있었는지 물었다.

"아이! 아이!"

노인들이 말했다.

"아이! 아이!"

아이들도 재잘거렸다.

"안 되오! 케이타라고 하면 안 되오."

케이타의 늙은 아버지가 말했다.

"사르장⁶Sarzan(중사)! 사르장이라고만 불러야 하오. 떠
나간 자들의 화를 깨워서는 안 될 것이오. 사르장은 더
이상 케이타가 아니지요. 죽은 자와 정령을 모욕해서 보
복을 당한 거라오."

〉〈〈〈

모든 일은 그가 도착한 다음 날, 바로 내가 두구바를

떠난 날부터 시작되었다.

티에모코 케이타 중사의 아버지가 아들을 무사히 고국으로 돌려보내 준 은혜에 보답하고자 조상의 넋에 흰 닭을 바치려 하자, 중사는 이를 막으려 했다. 그저 돌아와야만 했기 때문에 고향에 돌아온 것일 뿐이라며 조상들과는 아무 상관없는 일이라고 말했다. 죽은 자들을 가만히 내버려 두라며 그들이 산 자들을 위해 할 수 있는 일은 아무것도 없다고 했다. 물론 늙은 촌장은 그 말을 무시하고 닭을 제물로 바쳤다.

두구바에서는 밭갈이철이 되면 검은 닭을 잡아 밭 한 구석에 피를 뿌리는데, 티에모코는 이런 전통이 쓸데없다고, 심지어 바보 같다고 우겼다. 밭만 잘 일구면 되지, 비는 때가 되면 오는 것이라고 말했다. 조와 옥수수, 땅콩, 고구마, 콩은 알아서 자라며 식민 구역 사령관이 그의 편에 보낸 쟁기를 사용하면 더 잘 자라난다고 덧붙였다. 마을 사람들은 마을과 농작물을 보호하는 신성한 나무 다씨리의 발치에 개를 제물로 바치곤 했는데, 티에모코는 그 나무의 가지를 잘라 불태웠다.

소년과 소녀들의 할례 날, 케이타 중사는 아이들의 지도자인 강구랑이 춤추고 노래하고 있을 때 그에게 달려

들어 강구랑이 머리에 쓴 가시도치의 가시털 뭉치와 몸에 두른 그물을 **빼앗았다**. 소녀들의 지도자이자 타래 할아버지라고도 불리는 마마 좀보는 부적과 띠로 된 타래를 엮은 노란 고깔모자를 썼는데, 케이타 중사는 그 모자를 찢어 버렸다. 그리고 그것은 '미개한 짓'이라고 선언했다. 프랑스 니스에서 열리는 카니발에서 우스꽝스럽거나 무시무시하게 생긴 가면을 보았는데도 말이다. 하긴 백인 투밥들이 가면을 쓰는 것은 조상의 지혜를 아이들에게 가르치기 위해서가 아니라 그저 즐기기 위해서니까.

케이타 중사의 집에는 케이타 아버지 집안의 정령 냐나볼리를 넣어 놓은 주머니가 달려 있었는데, 중사는 주머니를 떼어 내 마당에 내동댕이쳐 버렸다. 촌장이 조금만 집에 늦게 도착했으면 말라빠진 개들이 어린아이들 손에서 그 주머니를 채 갔을 것이다.

어느 날 아침, 티에모코는 신성한 숲에 들어가 좁쌀죽과 발효유가 든 항아리를 깨부쉈다. 또 굳은 피에 닭털이 엉겨 붙은 두 갈래로 갈라진 말뚝과 작은 조각상도 모두 뒤집어엎으면서 '미개한 짓'이라고 선포했다. 성당에 가서 촛불을 앞에 둔 성인과 성녀 조각상들을 보았는데도 말이다. 하긴 파랑, 빨강, 노랑의 강렬한 색을 입힌 금도금된 그 조각상은 확실히 신성한 숲에 있는 자단목, 마호가니, 흑단나무를 깎아 만든 팔이 길고 다리는 짧고 흰 시꺼메진 난쟁이상보다 훨씬 아름다우니까.

식민 구역 사령관은 '그들을 좀 문명화시키게'라고 말했고, 티에모코 케이타 중사는 마을 사람들을 '문명화'시키려고 했다. 그렇게 하려면 마을의 일상과 가족의 존재, 사람들의 행위, 그 모든 곳에 깃들어 있는 믿음을 없애고 전통을 끊어내야 했다. 마을 사람들의 미신을 뿌리째 뽑아야 했다. 모두 미개한 짓 … 미개한 짓이다. 정신을 깨우치고 인격을 단련시키며 삶의 어떤 순간에도 어떤 장소에서도 혼자일 수 없고 혼자여서도 안 된다는 것을 가르친답시며 할례받은 어린아이에게 가하는 가혹한 의식도 미개한 짓이다. 고통에 휘둘리지 않는 진정한 남자를 만든답시고 치르는 코테바도 미개한 짓이다. 제물도 조상과 대지에 바치는 피도 미개한 짓이다. 방황하는 혼령과 수호하는 정령에 좁쌀죽과 발효유를 뿌리는 것도….

케이타 중사가 정자나무 그늘에서 마을 청년들과 노인들에게 한 이야기가 바로 이런 것이었다.

티에모코 케이타의 머리가 이상해진 것은 어느 해 질 무렵이었다. 바로 그날 아침만 해도 케이타는 정자나무에 기대서 개들을 제물로 바치는 주술사와 자기 말을 들으려 하지 않는 노인들 그리고 그런 노인들의 말을 순순히 따르는 청년들을 비난하고 비난하고 또 비난하고 있었다. 그러던 중 갑자기, 왼쪽 어깨에 따끔한 느낌이 들어 뒤를 돌아보았다가 다시 마을 사람들을 바라봤는데, 그때 케이타의 눈빛은 더 이상 예전 같지 않았다. 입가에 하얀 거품이 묻어났다. 그는 무언가 말했지만 조금

전까지 입에서 나오던 말이 아니었다. 혼령들이 케이타의 영혼을 앗아 갔고 이제 그의 입을 통해 자신들이 느끼는 두려움에 관해 외치고 있었다.

검은 밤! 검은 밤!

해가 질 때 그는 말했고 아이들과 여인들은 집 안에서 몸을 떨었다.

검은 밤! 검은 밤!

해가 뜰 때 그는 외쳤고,

검은 밤! 검은 밤!

한낮에도 끊임없이 부르짖었다. 밤낮으로 혼령과 정령과 조상들이 그를 계속 말하고 외치고 노래하게 했다.

죽은 자들이 사는 그 집에서 나는 새벽녘에야 겨우 눈을 붙였다. 밤새도록 내 귀에는 케이타 중사가 왔다 갔다 하며 부르짖고 노래하고 우는 소리가 들려왔다.

어두워진 숲속에서

나팔은 가차 없이 부르짖고 울부짖네

저주받은 탐탐 소리에 맞춰

검은 밤! 검은 밤!

쉬어 버린 우유는

바가지 안에

굳어 버린 죽은

항아리 안에

집 안에

한없이 끝없이 흐르는 두려움

검은 밤! 검은 밤!

불붙은 횃불을

허공에 던지네

형체 없는 불빛을

강렬한 빛도 아닌, 번쩍이는 빛도 아닌

연기를 내는 횃불

검은 밤! 검은 밤!

놀란 혼령들은

배회하고 신음하네

잊힌 말을 속삭이며

떨리는 말을 속삭이며

검은 밤! 검은 밤!

닭들의 싸늘한 몸통에서도

여전히 움직이는 뜨뜻한 사체에서도

한 방울도 흐르지 않은

검은 피, 붉은 피

검은 밤! 검은 밤!

나팔은 가차 없이 부르짖고 울부짖네

저주받은 탐탐 소리에 맞춰

고아가 된 겁쟁이 개울은

끝없이 방황하며 헛되이 방황하며

울며 애원하네

메마른 개울가의 사람들을 돌려 달라고

검은 밤! 검은 밤!

조상들의 혼령이 떠나간

생기 없는 사바나에서

나팔은 가차 없이 부르짖고 울부짖네

저주받은 탐탐 소리에 맞춰

검은 밤! 검은 밤!

근심 어린 나무들의

나뭇진은 굳어 버렸네

이파리에서도 줄기에서도

더 이상 기도할 수 없네

밑동을 드나들던 조상들에게

검은 밤! 검은 밤!

두려움이 다시 흐르는 집에서

횃불이 꺼진 허공에서

고아가 된 강물 위에서

생기 없이 지쳐 버린 숲속에서

근심 어린 빛바랜 나무 아래서

어두워진 숲속에서

나팔은 가차 없이 부르짖고 울부짖네

저주받은 탐탐 소리에 맞춰

검은 밤! 검은 밤!

※※

이제 누구도 감히 그의 이름을 부르지 못했다. 정령과
조상들은 그를 전혀 다른 사람으로 만들어 버렸다. 마을
사람들에게 티에모코 케이타는 떠난 사람이었고 이제
그곳에는 사르장, 미치광이 사르장만이 남았다.

미주

1. 들어가는 이야기

1 저자인 비라고 디오프의 어린 시절 호칭

2 아프리카에서는 전통적으로 호리병박으로 만든 바가지를 식기, 악기 등 다양한 용도로 사용한다.

3 아프리카 우화인 라반을 낭독하는 사람

4 소년들이 성인으로 인정받기 위해 의식(儀式)과 훈련, 교육 등을 받는 장소

5 북동아프리카에 위치한 국가 수단이 아니라 사하라 사막 이남의 서아프리카의 중앙 지역 전체인 수단 지역région을 가리킨다.

6 아프리카에서 널리 쓰이는 북으로, 춤과 노래의 반주나 이야기 구연에 쓰인다.

7 베틀의 날실을 한 칸씩 걸러서 끌어 올리도록 맨 굵은 실

8 사각형의 천을 허리에 둘러 치마 형태로 입는 서아프리카 지역의 전통 의복

2. 암나귀 하리

1 1859년 프랑스는 아프리카 여러 식민지를 통합하여 프랑스령 서아프리카Afrique Occidentale Française를 건설하고 수도를 생루이에 두었다가 1902년에 다카르로 옮겼다. 이때부터 다카르는 프랑스 식민통치의 중심지 역할을 하였다.

2 식민지 구역 세르클Cercle은 프랑스의 아프리카 식민지에서 백인이 다스리던 가장 작은 행정 구역 단위를 일컫는다.

3 프랑스의 직접 통치를 받던 세네갈에서 지구 단위는 식민본국의 프랑스인이 관리하고 면 단위는 원주민이 통치했다.

4 16~19세기 세네갈 북부와 중부에 있던 카요르 왕국으로, 왕을 '다멜'이라 칭한다.

5 무어Moor 혹은 모르Maure라는 말은 로마인이 로마의 속주 모리타니 주민을 일컫는 용어였다. 8세기경 이베리아반도를 정복한 무어인은 11~17세기에 북아프리카로 넘어가 이슬람교도가 되었다.

6 이슬람교가 서아프리카 지역에 자리 잡기 시작한 것은 서기 1000년 무렵이다.

7 아프리카 전통 의상으로 길고 헐렁한 상의를 가리킨다.

3. 어떤 판결

1 아프리카의 전통적인 혼례 관습 중 하나로 혼인 시 신랑이 신부 측에 선물로 보내는 자금을 말한다. 신부를 돈으로 사 온다는 매매혼의 개념이 아니라, 가족 간의 계약에 따라 신붓값을 지급해야 비로소 결혼이 성립된다는 상징적인 의미다.

2 이슬람교의 원로 혹은 북아프리카와 서아프리카에서 성인聖人이나 그의 존경스러운 후손을 지칭하는 용어

3 마호메트가 적군을 피해 피신하다가 개가 짖는 바람에 잡힐 뻔한 일화가 전해지면서 이슬람교인은 개를 불경한 짐승으로 여기게 되었다.

4 하루에 다섯 번 이슬람 사원에서 예배 시간을 알리는 사람

5 마호메트의 후계자에게 주어지는 칭호로 이슬람교의 지도자이자 사제

6 '신의 평화가 당신에게'라는 뜻

4. 마멜

1 세네갈의 산 이름인 마멜은 프랑스어로 '유방'을 뜻한다.

5. 응고르와 콩

1 이슬람 문화권에서는 기도 중에 방귀를 뀌면 알라가 기도 소리를

듣지 못하고 다른 데로 가기 때문에 그 기도가 무효로 된다고 여긴
다. 따라서 다시 세정의식을 행한 후 처음부터 다시 기도를 시작해야
한다.

2 방귀를 유발하는 대표적인 음식

3 코츠 바르마Kotj Barma는 머리카락을 앞뒤 좌우 네 가닥으로 나누어 동
그랗게 말아서 만든 뭉치 모양의 머리를 하고 있었는데, 네 개의 머
리 뭉치 속에 네 가지 교훈을 담고 있었다고 한다.

6. 엄마 악어

1 이 글에서 백인은 '흑인보다 피부색이 밝은' 북아프리카의 아랍인을
지칭하며, 유럽 백인을 일컫는 아프리카어 '투밥Toubab'과 구별된다.

7. 잘못된 만남 I

1 아랍어 인사인 '앗살라무 알레이쿰(당신에게 평화가 내리기를)'에는
'알레이쿰 살람(당신에게도 평화가 내리기를)'이라고 답한다.

2 월로프어 인사인 '자마 응가 파난(평안하십니까?)'에는 '자마 렉(평안
합니다)'이라고 답한다.

8. 잘못된 만남 II

1 아프리카 전통에서 항아리는 음식 저장 외에 주술적인 용로도로 사
용한다. 깨진 항아리 조각에는 악운을 물리치며 마을을 지키는 신성
한 힘이 있다고 여긴다.

10. 잘못된 만남 IV

1 과일, 곤충은 물론 도마뱀이나 뱀과 같은 파충류와 작은 포유류를 먹
고 사는 조류

13. 선행의 대가

1 서아프리카에서는 토템에 해당하는 특정 동물이나 식물이 부족 또는 씨족과 특별한 혈연관계가 있다고 믿는다. 텐다Tenda 부족의 경우, 대장장이에게 악어나 큰 도마뱀, 거북은 살생이 금지된 신성한 동물이다.

14. 토끼의 간계

1 아프리카에서 정자나무는 서로 일상을 나누거나 그리오의 이야기를 듣는 것 외에도 마을의 주요한 결정이나 정치적인 의견을 나누는 등 중요한 역할을 하는 장소다.
2 서아프리카 늪지나 사바나에서 주로 서식하는 영양

18. 쿠스의 요술 바가지

1 자기 핏줄의 명예를 걸고 맹세한다는 뜻

20. 사르장

1 서아프리카에서는 이슬람 사원 첨탑 위에 타조알 껍데기 장식을 올린다.
2 19세기 중엽 서아프리카 지역에 투쿨뢰르 제국Empire Toucouleur을 세웠으며, 저명한 이슬람 학자로도 알려져 있다.
3 이슬람 신도들이 예배를 드릴 때 메카의 방향을 알려 주기 위해 이슬람 사원인 모스크의 벽면에 파놓은 벽감을 지칭한다.
4 저자 비라고 디오프는 당시 프랑스령 수단을 비롯해서 서아프리카의 오지를 돌며 수의사로 활동했다.
5 아프리카와 중동에서 볼 수 있는 알비다 아카시아나무
6 프랑스어 중사 sergent의 변형된 아프리카식 발음

1906년   비라고 디오프는 세네갈의 수도인 다카르 근교의 우아캄Ouakam 에서 태어났다. 다섯 살 때부터 코란 학교에 다니다 열 살 때 프 랑스 정부가 설립한 학교에서 공부한다. 우연한 계기로 세네갈 인 교사 마파테 디아뉴Mapathé Diagne의 책을 접하며 옛날이야기 가 말로만 전해지는 것이 아니라 글로도 전해질 수 있다는 사실 을 깨닫는다.

1921년   당시 프랑스 식민정치의 중심지였던 생루이Saint-Louis섬으로 이 주하여 장학생 자격으로 페데르브 고등학교Lycée Faidherbe에 진학, 스무 살이 되던 1926년 중등과정 졸업시험인 바칼로레아를 통 과한다.

1928년   생루이 군인 병원에서 11개월 동안 의무병으로 복무한 뒤 프랑 스로 건너가 툴루즈 대학교에서 수의학을 전공한다.

1933년   수의학 박사 학위 취득 후 파리에 올라가 외래동물 의학 연구소 Institut de Médecine Vétérinaire Exotique에서 연수를 받았다. 파리 국제 기숙사촌인 씨테 유니베르시테르cité universitaire에서 레오폴 상고 르, 에메 세제르 등을 만나 문학잡지 『흑인 학생*L'étudiant noir*』 에 참여하며 '흑인-아프리카성'을 복원하려는 네그리튀드 운동 에 합류한다. 그러나 디오프의 주된 관심사는 전투 문학보다는 흑아프리카의 구전문학 유산의 보존에 머물렀다.

1934년   툴루즈에서 만난 프랑스인 마리루이즈 폴 프라데르Marie-Louise Paule Pradère와 결혼한다. 이후 아프리카로 돌아가 수단 지역(현재 의 말리)에서 오지를 돌며 수의사로 활동한다. 훗날 디오프는 이 때의 경험을 통해 아프리카의 덤불숲, 자연 그리고 사람들과 진 정으로 교류할 수 있었다고 회고한다. 수의사로 활동하던 중 디 오프는 세네갈강과 팔레메강의 합류 지역에서 어머니 쪽 집안 의 그리오인 아마두 쿰바를 만나, 어린 시절 들었던 것과 비슷 한 월로프족의 민담과 설화를 듣는다.

1942년   제2차 세계대전으로 소집 명령을 받은 디오프는 파리 외래동물 의학 연구소에 발령되었다. 이때부터 고향을 그리워하며 아마두 쿰바에게 들은 이야기들을 프랑스어로 번역하고, 자신의 문장을 보태어 『아마두 쿰바의 옛이야기Les Contes d'Amadou Koumba』를 집필한다.

1944년   아프리카로 돌아온 디오프는 프랑스 식민 정부 아래서 지금의 코트디부아르, 부르키나파소, 모리타니 등지에서 여러 관직을 거치다가 세네갈로 귀향한다.

1947년   『아마두 쿰바의 옛이야기』를 출간한다. 이 책으로 1949년 '프랑스령 서아프리카 문학 대상'을 수상한다.

1958년   『아마두 쿰바의 새로운 옛이야기Les Nouveaux Contes d'Amadou Koumba』를 출간하였다. 이 책은 아프리카 옛이야기에 대한 세계적 관심을 불러일으켰다.

1960년   시집 『미끼와 미광Leurres et Lueurs』을 출간하였다. 그해 세네갈이 프랑스로부터 독립하면서 디오프는 튀니지 주재 초대 세네갈 대사로 임명되었다. 이후 외교관의 삶에 전념하기 위해 절필을 선언하였다. 그러나 튀니지 체류 기간에 서아프리카 전통 문학을 접하며 다시 문학 활동을 이어 나간다.

1963년   서아프리카의 전통 사회 모습을 담은 『전래동화와 우화Les Contes et Lavanes』를 출간, 이 책으로 1964년에 '프랑스어권 흑아프리카 문학 대상'을 수상한다.

1965년   세네갈에 귀국하여 가축병원을 개업, 한동안 본업인 수의사의 일에 전념한다.

1978년   『다시 잡은 펜La Plume raboutée』을 기점으로 집필 활동을 재개하여 다양한 분야에서 활발한 문학 활동을 펼쳤고, 이후 레지옹도뇌르 훈장을 받는다.

1989년   시인이자 작가, 수의사이자 외교관이었던 비라고 디오프는 고향 다카르에서 83세의 나이로 눈을 감는다.